點心集

阿濃 著

山邊出版社有限公司

## 《點心集》的「歷史」

　　我相信《點心集》已成為香港人集體記憶的一部分，至少在閱讀記憶這部分。因此我想簡述一下他的「歷史」，作為對阿濃出版的第一本書的紀念。

　　1973年香港發生一場「文憑教師爭取權益運動」，罷課兩天，被傳媒圍攻。最後教師因團結取得勝利，誕生了香港教育專業人員協會（教協），而我有了《點心集》。

　　當時《華僑日報・教育版》的編輯是袁家松先生，他也是文憑教師，借他的力我和幾個朋友在《教育版》寫《教育評論》為教師發聲。運動結束後，新編輯袁家琳女士邀請我轉寫教育小品，我以表達「一點心意」「一點心得」的寫作宗旨取名《點心集》。

　　1980年8月自組田田出版社出版《點心集》，邀得王司馬先生插圖和設計封面。立即長踞暢銷書榜。1981年4月出版《點心二集》。1982年4月將兩書同交何紫先生的山邊社出版，1985年7月出版《點心三集》，三書共銷約二十萬冊。王司馬1983年9月去世，《點心三集》由李祥先生設計封面和插圖。

　　第一屆中學生好書龍虎榜（1989-90），《點心二集》被選入十大。論者認為以散文吸引青少年讀者，《點心集》有獨到之處。阿濃一書成名，稿約不斷，至今成書過百冊。

　　今年三冊《點心》略加刪節合而為一，再出新版，距初集初版已32年，讀本書者該是第三代了。

阿濃寫於2012年端午節後生朝

# 目錄

# 學校篇

濃情話：「我願借粵語片對白曰：『不是我的錯，
　　　　　　不是你的錯，是社會的錯！』」

# 窗前

對一些坐在靠窗座位的學生來說，很多時窗外才是他們的世界，窗裏的現實只是夢幻似的進行着。老師喃喃不斷的講授，像是隔了一堵牆，傳到他們耳中，成為無意義的聲音。

兩隻高飛的紙鳶，一個偶然飄過的氣球，都會把他們帶到雲端，與白雲為侶。對面天台的一隻貓兒，電視天線上的兩隻麻雀，總比黑板上繁難的算題有趣。

一隻甲蟲撞跌在窗台上，暈頭轉向的在那裏掙扎；一隻死蒼蠅引來了窗外一隊螞蟻，正把牠的屍體抬走。這可以看上小半天。

十字車和消防車在下面「嗚嗚」地駛過，舞獅的、祭祖的鑼鼓帶來了一陣喧鬧。窗口是最佳座位，只要老師一背轉身寫字，就可以快快的到窗前一望。看到什麼有趣的，還可以打手勢告訴坐得靠裏而急欲一知的同學呢。

當老師叫他或她回答問題時，那惘然的神情會帶來全班的哄笑。老師要罰企以示懲戒，但站在那裏，窗外可看的東西卻更多了。立即，他們的心又飛到窗外去了。

# 巡視

雖說如今的孩子比以前大膽，但仍有一些是膽小的。當他們處身在一個新環境時，會有許多莫名的恐懼。

開學第一天，幼稚園初班的孩子固然不少會賴尿，即使小學一年級的學生，拉濕褲子也不是罕見的事。

別看那些小東西，在家裏無法無天，到了新學校，可能怕得像一隻小老鼠。不知道廁所在那裏，又不敢問人，上課時更不敢請求先生准他去廁所。強忍的結果，是地上留下一灘。

開學的第一天，從校長到主任及教師，往往有冗長的訓話，要孩子們說得這樣，記得那樣，結果是白費唇舌。

對新同學來說，最好在開學日帶他們「巡視」學校一周。哪裏是校長室，哪裏是教員室，哪裏是遊戲場地，哪裏是廁所，哪裏是食物部……到什麼地方，要注意什麼問題……一面參觀，一面介紹，學生自然會留下清楚的印象，這要比站着呆呆的聽訓話有效得多。

# 競猜

不論是賭錢還是什麼比賽、競選，揭盅之前是最緊張的時刻。

學期開始，學生們也暗中有一個競猜遊戲，所猜的是某一科由哪位老師任教。猜中沒有獎品，但卻會帶來一聲歡呼。

時間表上新的一節到了，大家屏息地注視着課室門口，看究竟是哪一位老師出場。如果進來的是大家喜歡的老師，那會是一聲歡呼或互相交換的欣悅目光；如果進來的是自己不喜歡的老師，有禮貌的會發出一聲輕輕的歎息，那放肆的甚至會大喝倒彩。

朋友，你今年獲得幾聲歡呼？又聽過多少歎息？孩子們的評價常常十分公平，與其因為他們不歡迎你而憤怒，倒不如虛心檢討一下自己。

開學禮上，當校長宣布某老師已經調往他校任教時，學生們全場活躍，跟着響起熱烈的掌聲。這是一串慶祝的炮仗，某老師沒有聽到這一陣掌聲，我為他慶幸，也為他難過。

# 調動

新的學期開始，各校人事自有一番調動。

對學生來說，當然希望好的老師留下來，不好的老師調走。所謂「好」與「不好」，學生的評價往往很公道：有學問、負責任、和藹可親就是好，相反就是不好。

對教師本人來說，多數是一動不如一靜，做生不如做熟，非有特殊原因，不想更動工作崗位。

和朋友閒談這個問題，大家都同意最好五年就能調動一次工作崗位。對教師本人、對教學工作都有好處。

一個人習慣了一個環境，就容易懈怠因循，對一些存在的積弊視而不見，事事照老辦法做而不思改進。但如果把他調到一個新環境去，為了適應和面對新的一切，他全身的細胞都好像處於警戒狀態，特別活躍；思維活動增加了，甚至動作也會較前敏捷。

太頻繁地調動工作崗位，會使人無法深入工作，難有建樹；但二十年甚至三十年呆在一個老地方，對任何人都沒有好處。

# 新環境

一位教畫的老師説得對，一個人學習一門藝術，最好不要死跟一位老師，多跟幾位老師可以得眾家之長，加以融會貫通而自成一家。

教書除了教，也要學：向書本學，向同事學，在工作中學。只教不學，如無源之水，就會枯竭。

教師調到一個新環境，可能接觸新的科目、新的班級、新的教材、新的教學要求，自然要求他作新的學習；而新的環境、新的同事，也會向他提供新的學習機會。

多去一處工作崗位，就會多一份經驗，多一份見識，多一班朋友，使你終身受用。

常後悔自己曾經連續在一間學校工作了十多年，這十多年在我腦海中留下的印象，在我生命中寫下的篇章，和另一些只工作了四五年的地方相比，並沒有多少差別。其中是不是有許多日子在因循中浪費掉了？

朋友中下學期有幾位要調校，他們或為交通問題傷腦筋，或為適應新環境而擔憂。謹以此篇獻給他們，並為他們賀。

# 早上

這幾天早上時常會下一陣雨，天色陰暗，汽車車頭燈的照射下，常可看到騎樓底、樓梯口一顆顆的小腦袋，那六、七歲的小孩子，這麼早就要到街上來候車了，怪可憐的。

聽校工說，早上七點剛過，已經有學生來到校門外了，而八點半才是上課的時間。我問他孩子們為何這麼早回來，校工說：「他們怕遲了搭不到車，所以寧願早些出門。」

今年九月新學期開始，公共交通工具都擁擠非常。加了價的的士，人們早已不嫌貴了，所以一樣難搭。苦的還是孩子們，功課多，晚上搲到十二點、一點，早上卻要一早爬起來擠巴士。一下子運氣不夠，半路壞了車或塞車，回到學校還要看訓導主任的黑臉。

某訓導主任說：「任何人遲到，都是他的錯，沒有理由好講！」

對訓導主任的強調，我願借粵語片對白曰：「不是我的錯，不是你的錯，是社會的錯！」你如果不同意，請早上到各巴士站去參觀一下。

# 紅線女

　　清晨的巴士站，等車的起碼有一半是學生。睡眠不足的面容，沉重的書包，焦急的神態，是這羣青少年的特點。夾雜在學生羣中的，也有教師。為了趕時間，他們和學生擠在一起，爭着上車。

　　學生都害怕遲到，因為會引致或大或小的處罰。而且獨自走進一個正在上課的班房，迎着老師責備的目光和同學嘲諷的神色，也不是一件愉快的事。

　　至於教師遲到，往往要驚動校長和主任，更不是味道。有些學校設有簽到簿，只要時間一到，校長就會立即用紅筆在簿上畫一橫線，遲到者只能在紅線下面簽名。女教師有遲到者，就會快快地說：「我今天做了紅線女。」而終日為之不樂焉。

# 投入

組織得不好的學校運動會，只是少數特出分子出風頭的場合。場上飛砂走石，場邊漠不關心。

少數運動員在競逐錦標，大多數同學卻閒談的閒談，吃東西的吃東西；有人帶書來看，有人帶棋來下。

組織得好的學校運動會，未舉行已經有一種熱烈的氣氛，舉行時更是整體的投入。

怎樣才能使整體投入呢？

首先是參加比賽的人多。一些學校的水運會，要求每一位同學最少參加一個項目，這是很好的辦法。

其次是參加工作的人多。運動會需要大量工作人員，加上各社或各隊的啦啦隊，使沒有參加比賽的也有工作做。

最重要的是營造一種競賽氣氛，使全體同學都覺得自己是競賽中的一分子。到時他們即使不在場中，卻會在場邊喊破了喉嚨，拍痛了手掌。

# 歡呼

學校舉行校運會之後,教師學生均疲乏欲死,渴望第二天有一日假期。

運動會的最後節目是頒獎,慣例由大官或名流擔任。於是先由校長替大官或名流「賣告白」,縷述其建樹及榮譽;繼由大官名流演說,語多勉勵,但也不脫「勝不驕,敗不餒」的公式。演說完畢頒獎,頒獎之後獻紀念品。斯時也,有學生二人,相偕至貴賓前有所告訴,惟聲細不可聞;但見貴賓欣然點首,於是校長或運動會主持教師至米高峰前宣布,已蒙貴賓特准明日放假一天。為表感謝,宣布者領導全體歡呼三聲。此三聲以英語進行:HIP,HIP,HURRAY!重複三次,俗稱為三碟咖喱,以其音近也。學生歡呼時均出自衷誠,聲震運動場。

有時教師上課時忽感不適,請准校長告假診治。告訴學生自己有病,需要請假,測驗默書,暫停舉行。斯時學生亦必歡呼,並暗中祈禱老師最好多病幾天。

# 絕跡

　　記得童年讀書，老師講及種牛痘的重要和天花的危險時，如果班上有一兩個「豆皮仔」，大家就忍不住回首注視，把他們當做活標本。阿濃自小即具同情心，從來沒有這種令人難堪的行為。

　　到自己身為人師，講及牛痘和天花時，亦存有戒心，先留意班上有沒有「豆皮仔」，以免傷害他們的自尊。

　　近十數年來，在我任教的班級上，從沒有「豆皮仔」出現過，講書時放心得多。

　　在報紙上看到一段新聞，說天花症曾奪去十億人的生命，但是這古老的疾病，現在似乎已從地球絕跡。一批醫療專家建議，設一筆酬金，給予任何能報道世界任何地方發現一宗天花症的人士。而他們相信，這筆獎金將無人能夠獲得。

　　曾為消滅天花盡過力的所有人士，請接受阿濃最誠摯的敬意。

# 老婆仔

看「青梅竹馬少年樂」時，有一場是戲裏面的男童角吾郎和他喜歡的女同學同往郊外去。那女孩子偶然一個美麗的神態，使吾郎看得癡了。他幻想自己長大成人，唇上留着鬍子，身上穿着禮服，而對方也穿着新娘的白紗，飄呀飄呀的向他奔來。影片以詼諧的慢鏡頭表現了這個幻想鏡頭，引得小孩和大人觀眾都哈哈大笑。

吾郎人細鬼大，但觀眾卻覺得他很純潔，並沒有什麼要訓斥的地方。

即使在小學一年級這樣低的班級之中，男女同學也有互相喜悅或單方面傾心的情形存在，他們往往表現得很大方，互相致送一些小玩意，小息時玩在一起，手拖手的沒有任何顧忌，同學們笑某某是某某的「老婆仔」，那女孩子也不一定會生氣。

做老師的對這種情形也不必大驚小怪，他們之間其實是真正兒童的友誼，至於一些類似小情人的表現，也只不過是一種模仿成人生活的扮演，和扮兵捉賊分別不大。

但孩子一到較高的班級，如果真的發生愛情問題，教師和家長就要認真注意，小心處理了。

# 男學生

　　一般教師對女學生的印象好過男學生，因為她們上課時比較守秩序，做的功課也比較整齊乾淨。但男學生也有許多可愛的地方，你可曾發現？

　　首先他們沒有那麼小器。你上課的時候罵過他，罰過他，一下課他就忘記生氣了，一樣阿 SIR 前，阿 SIR 後的叫你。

　　男孩子的服務熱情一般比較高，你有什麼要搬要抬的，他們常常自告奮勇，搶着去做。

　　他們比較隨便，不會嫌這嫌那。一支汽水可以幾個人同喝，球鞋也肯借給別人穿，不像一些女孩子，什麼東西都不肯讓人家碰一碰，怕弄髒了她的。

　　還有，一般男孩子都肯讓女孩子，即使有所爭吵，最後讓步的多是男孩子。這也可算是一種君子風度吧。

# 樓梯

上課鐘響，學生返回課室之後，教師們或拿着教具，或捧着書簿，出現在樓梯之間。那最高的要爬上五樓（甚至六樓），那最低的要到操場上去。就在這樓梯間的一分、半分鐘裏面，卻也可以看到不少人生。

那健步如飛，一步兩三級，排眾而前的多是後生小子，不耐煩在樓梯上慢慢磨時間。那行幾步，停一停的多是上了年紀，行將退休的前輩，或是拖着大肚子，快要分娩的女同事。

一般學校的高班多設在頂樓，而高班的老師一般年齡亦較高，於是不少老人家變成了「五樓先生」，天天要練腳骨力。上到頂樓要停五、六次，走進課室仍是氣喘吁吁的。遇到這樣的老師在前面，我從不急急地扒頭，而是互相招呼幾句。有時他們也會客氣地叫我先走，那就恭敬不如從命吧。

我總覺得一間學校的校舍最好不超過兩層，倒不是因為懶爬樓梯，而是覺得這樣的學校才像個學校。

# 鬍子

在一個電視特寫節目中，出現了一間學校的校長、教師和學生。學校是實行一種新教育方法的，活動很多，氣氛很活躍。

校長是留了鬍子的，屬於很「有型」那一類；教師之中，也有幾位留了鬍子，有的有型，有的卻和他們年青的面龐不大相襯；跟着我又看到有些學生也是留了鬍子的，由於他們的年齡，鬍子都是稀疏的，不但不好看，而且相當難看。

由於發現了校長、教師、學生都有人留了鬍子，我就只顧看那些鬍子，而不大留意那節目說些什麼——真是對不起。

從學生也可以留鬍子，可以想像到這間學校相當自由；再看看那些學生，原來都沒有穿着校服，更證實了我的想像。

我的兩個孩子一面看一面說：我喜歡這樣的學校。

我心裏想：年青人即是年青人，喜歡這樣自由活躍的空氣。但上了年紀的一輩，說不定正一面看一面搖頭呢。

# 打風

　　八號風球懸掛後，正在暑假中的孩子們遺憾地說：「可惜！」意思是打風會放假，現在卻正在暑假期內，變成不能得「益」。

　　不要笑孩子們懶惰，做老師的何嘗不希望有這種意外的假期。

　　如果前一晚掛了三號風球，老師們就會放一具收音機在牀頭。第二天一早就扭開來聽特別報告。如果聽到八號風球已經懸掛，教育署宣布全港學校停課一天，老師就會喜孜孜的把收音機關上，埋頭枕中，再尋好夢。如果風球已經卸下，則大感失望，快快地起牀，要冒着打風不成的惡劣天氣，趕車趕船，回校上課。這一天師生都似乎悶悶不樂，上課也沒有情緒。

　　如果早上的宣布是三號風球仍然懸掛，那麼希望還在。教員室裏有人帶了收音機回來，一聽到改掛較高風球，即時歡呼處處。除了低年級學生要家長來接之外，其他各班的師生，十分鐘之內已走得乾乾淨淨了。

# 長衫

　　仍然看到幾間女校的學生穿着長衫上學，這是她們的校服。

　　有的孩子穿起來好看，有的孩子穿起來不好看，在這方面長衫和別種校服沒有兩樣。不過這種形式的校服和周圍的環境越來越不調和，行動起來也不太方便，卻是事實。

　　一間有歷史的學校，可能有許多優良的傳統，需要保留和發揚光大。但這些優良的傳統應該表現在精神上，而不是形式上。

　　許多學校，古色古香的舊校舍拆卸了，由新型的現代化建築所代替；舊的笨重的桌椅搬走了，由新的舒適輕便的桌椅所代替；舊式的掛圖少用了，新的電子化教具在課室裏普遍運用；舊的呆板沉悶的課本更換了，新的插圖優美、生動活潑的課本取而代之。一切都有所改變，為什麼學生的長衫，卻還是保留了下來呢？

　　這使我想起一些古老的成藥，為了顯示是老招牌，總不肯改變包裝。

# 校呔

　　現在連中環寫字樓的職員也越來越多的上班不結領帶了，但某些學校的學生（包括女生）仍然要打校呔返學。

　　形容殘舊的領帶為鹹菜真是最貼切不過，許多中學生的頸上就掛着那麼一條又髒又皺又肥膩的鹹菜。

　　當校呔還新的時候，孩子們看上去的確斯文、整齊，不過它帶來的麻煩也不少。讀中一的學生有幾個會打呔？結果一早就要麻煩父兄代打。有些父兄也不是慣結領帶的，何況還要結在別人頸上，結果不是太長，就是太短，弄得大家一身大汗，說不定因此遲到。

　　男孩子最怕受束縛，一放學就把領帶從頸上扯下來往褲袋一塞（想不皺幾難），一些領帶的質料不好，洗一次短一次，而且變樣，於是有人連用三四年，竟然從來也沒有洗過。

　　許多事情沒有人提出改革，就會長久地存在下去，麻煩的校呔是絕不會自動從學生的頸上消失的。

# 收拾

　　放假前幾天，老師們總喜歡清理一下抽屜，然後放暑假。

　　清理的時候，一些物件說不定勾起你的回憶。

　　一張旅行照片，是學生拍了送給你的，雖然模糊不清，技術不佳，但那燦爛的陽光，和你身旁的幾張孩子氣的笑臉，都使你記起了那快樂的一天。

　　一隻布質的史諾比小狗，是一個史諾比迷在上課時拿出來玩，被你沒收了的，當時你想過一兩天就還給她，想不到後來忘了，一直躺在你的抽屜裏。要不要物歸原主呢？要！讓她開心一下罷。

　　一封孩子筆跡的信，是一個學生向你道歉的。他說他因一時衝動，對你很不禮貌，請你原諒。這孩子很容易發脾氣，一點小事就臉紅頸粗，到今天仍絲毫不改，不過自從寫信向你道歉之後，對你的確比前有禮了。

　　一抽屜的雜物，帶來許許多多的回憶，抽屜收拾好了，這些回憶不知有沒有機會再重新勾起？

# 師生篇

濃情話：「如今，當一些小傢伙在堂上臉紅脖子粗地頂撞於我時，我往往能心平氣和地處理，因為我知道，年少氣盛，誰沒有經歷過呢！」

師生篇

# 台上

不論是多頑皮、多不聽話的孩子，當他參加了學校的合唱隊，往表演台上一站，整個人就像脫胎換骨似的，變得可愛起來。

看，他目光專注地看着指揮，臉上泛着純潔的微笑，身子和整個隊伍融為一片，和諧地像波浪似的擺動着。

是什麼力量改變了他們的桀驁不馴？是音樂？是集體？是教導？是他們面對的場面？還是這些條件的混合？

還有那智能有缺陷的特殊班兒童，他們其中不少是連自己的鞋帶也不會繫的，卻能往台上中規中矩的演出節奏樂。當他們在掌聲中笑着下台時，我的眼睛不禁濕潤了。如果他們的父母在場，那感動一定會更深。對於他們的表演，我心中充滿了對他們老師的敬意，在登台之前，那需要多少的耐心和愛！

學校除功課之外，還要重視學生的體育活動、藝術活動，其目的不是為學校爭一些銀杯和獎狀，而是讓學生在這些活動中獲得心靈的滋養，使身心都美麗而健康。

# 一分

　　學生打開試卷，發覺是五十九分，只差一分，變成了不及格，成績表上多一科紅字，無不紮紮跳焉。

　　也有人去向先生「求分」，但先生木無表情，只知搖頭。於是學生大罵（當然只在背後）先生「抵死」，有心「整蠱」。

　　堅持不給那一分的教師，也有許多理由。或曰差一分就是差一分，加分給他是對別的同學不公，除非全班同時加一分。或曰如果五十九分等於及格，那麼五十八分的豈非又只差一分？五十八分的當做及格，那五十七分的又如何？

　　也有比較「仁慈」的教師，把那些只差兩三分的統統加為及格。他們也有許多理由。或曰分數這東西根本並不十分準確，尤其是問答一類的題目，教師評分很帶主觀成分，鬆緊之間有好幾分上落，又何必扣得太死呢？或曰給學生獲得及格，會使他們保持信心，繼續努力，如果給他們不及格，他們往往對這科完全失去興趣，畏難害怕。

　　各有各的道理，不知你是屬於那一派？

# 開心

一個長年皺着眉的教師，教着一班長年苦着臉的學生，不必細察，已可斷定其教學是失敗的。

王守仁說：「大抵童子之情，樂嬉遊而憚拘檢，如草木之始萌芽，舒暢之則條達，摧撓之則衰痿。今教童子，必使其趨向鼓舞，中心喜悅，則其進自不能已。譬之時雨春風，霑被卉木，莫不萌動發越，自然日長月化。若冰霜剝落，則生意蕭索，日就枯槁矣。」

如果我擔任教育學院的考官，招考新生時，對那些笑也不會笑的考生一定不予錄取。因為對我們的學生來說，具有「後母面孔」的教師是太多了。

教師的工作，除傳道、授業、解惑之外，不妨加多一項：令孩子們開心。學習時關心，「則其進自不能已」。學校生活快樂，孩子成長之後，自然容易具備開朗樂觀的性格，而不致暴戾乖僻。

正是春風駘蕩的季節，請不要把春風關在課室門外。

# 花拳

一般實習教師的毛病是教學方法華而不實。他們教具多，變化多，能吸引學生，也能吸引導師，一堂課好像做戲，又像玩魔術似的很快就過去了，但學生所得卻往往不多。

這因為他們備課時，花了太多時間在形式的表現方面，又是掛圖，又是標本，又是幻燈，又是錄音機……對教材的深入鑽研卻往往不夠。

譬如他們教《老殘遊記》中的一節，情願花時間去畫一幅用來「引起動機」的圖畫——畫一個小時才展出一分鐘，也不肯認認真真把全本《老殘遊記》看一遍，再找些分析這本書的文章讀一下。課本選一節，就孤立的教那一節。

這樣的教學就像武術中的花拳繡腿，打起來好看，卻是馬步未穩，欠缺功力。

有經驗的教師，教學方法樸實無華，但學生上課時津津有味，十分得益。

不過也不必苛求實習教師，他們一則火候未夠，二則導師們對花拳繡腿也往往十分欣賞，他們只好投其所好了。

# 校長的寂寞

師生篇

一位任職多年的官校校長對一位新任校長有感而發地說：

「做校長首先要耐得住一份寂寞。」

許多做校長的對這句話都有同感。

有的說：一做了校長之後，舊日要好的同事，立刻表現出一種客氣而保持距離的態度，再不跟你隨便談笑。

有的說：教員室裏本來談笑晏晏，你想和他們縮短距離，大家一起談談，他們卻立即噤口不言，各自埋頭改簿了。

曾經有一位校長請同事聚餐，在茶樓訂了三張檯。教師們一放學就去了，校長卻適逢要處理一件校務，遲了十分鐘才去。到了茶樓，卻是三張檯坐得滿滿的，沒有留下座位給他，而且沒有一張檯的人邀請他前去就座。大概大家覺得有校長在旁，談起來就沒有那麼自由，吃起來就沒有那麼自在吧。這位校長站在那裏尷尬了一會兒，才自己叫伙計加位。他發誓從此再不請同事聚餐。

為什麼校長與教師之間有這麼一堵厚牆？下次再講。

# 距離

上篇談校長的寂寞，看起來倒像是教師們不近人情。其實造成這種局面的原因很多。

最主要的原因是校長和教師的確分處兩個階層。校長不用上課，教師要上課；校長室有冷氣，教員室沒有冷氣；校長薪水高，教師薪水低；校長決定一位教師能否升級，教師要遵從校長的指示做事……即使是最好的一對朋友，其中一位做了校長，而另一位卻是他的下屬，他們之間就有了距離和隔膜。

中國人最重骨氣，看不起吹拍逢迎之徒；中國人又最避嫌疑，瓜田不納履，李下不整冠，校長身旁不可坐，免被誤會為大腳之友。此所以學校聚餐時，先到的必定努力湊成一桌，使校長無法擠進來。

聰明的校長對這種現象是了然於心的，他會對這種現象詐作看不見，同時叫副校長幫他留座，免得到時無處容身。

校長和教師間的距離，有時卻是校長特意去保持的，因為有了距離比較容易公事公辦，至於寂寞一層，也就顧不得這許多了。

# 失去的眼淚

記得從前和學生圍讀亞米契斯的《愛的教育》時，在我面前會出現好些含淚的眼睛，甚至有人伏案嗚咽。故事中的愛，是如此深深地感動着我們，誰也不必擔心因為流淚而被他人訕笑。

還記得故事讀完之後，課室裏的那種氣氛：大家的心好像拉近了，和一家人沒有分別。愛，也充滿在課室裏面。

如今我和學生圍讀《愛的教育》，反應卻是一片漠然，反而一兩個扮小丑的學生，誇張書中的對話和動作，引來一陣陣哄笑。

那半夜起身替爸爸抄寫而受盡委屈的敍利亞，那把別的病人當做自己的父親，在發覺後也不忍離去的西西路，都絲毫未能打動他們。

為什麼他們的心變得這樣乾涸，以致流不出一滴愛的眼淚？

為什麼他們要嘲笑一切善行，認為那不過是傻瓜的所為？

我還要不要對他們讀《愛的教育》？這樣的反應使我覺得連這本書也受了委屈。

# 禮物

聖誕假前一天，我的兩個小兒說不用帶書包回校，因為學校開遊藝會。

他們每人找到一個空膠袋，摺好放在校褸袋裏，說是回去裝禮物的。

我說：「每個人都有禮物嗎？」

他們說：「是的。」

我見他們高興的樣子，心裏也跟着高興起來。

聖誕禮物不是獎品，獎品用來鼓勵那些曾經努力過的繼續努力，努力得不夠的加把勁迎頭趕上。聖誕禮物是想給每個孩子小小的快樂，不論他是勤是惰，聽話不聽話，他都不應被排斥在這種快樂之外。

有教師故意派給全班禮物，卻杯葛那平日不聽話的七八個小搗蛋，什麼禮物也不給他們。結果就在緊接的小息時間，發生兩宗打架事件，被打的連禮物都摔爛了，打人的就是那些被杯葛者。

這位老師說：「我早知你們壞，所以故意不派禮物給你們，現在不是更加證實了嗎！」不過我相信，如果人人有禮物的話，孩子們的這場架是不會打起來的。

# 報復

駕車至斑馬線前停車，一少年故意以最緩慢速度，在斑馬線上走過，兩眼望天，左搖右擺，一副其奈我何的神態。

這小傢伙的神情使我又好氣又好笑。我明白他這樣做是一種報復心理，他可能已在路旁站了好一會，但是那些車輛的司機對他視若無睹，不肯停車，直等到有人終於停下來了，他就把怒氣發洩在後來的車上，故意慢慢走過。這種情形相當普遍，使許多駕駛人覺得好人做不得，肯在斑馬線禮讓行人的越來越少了。

一間學校有不少先生很「惡」，上他們的課學生只有受氣的份兒，一點也不敢放肆。但也有幾位不夠「惡」的先生，他們就成了學生發洩報復的對象。

許多學生的確是不識好歹，教師和善對他，他卻以為是軟弱可欺，上課時搞得烏煙瘴氣，使教師頭痛萬分。

做教師的發覺這種情況，不必為自己不值，但也不必和他們一般見識，互相報復，而是堅持原則，尊重他們，也要他們尊重自己。

# 次次做反派

在家裏，客人來的時候，小妹妹又彈琴又唱歌，人人都稱讚她。

於是做哥哥的故意大嚷大叫，跑來跑去，欺負這個，欺負那個。「你們罵我吧！打我吧！可不能忘記了我的存在。」

在學校，這個是品學兼優，那個是名列前茅，老師稱讚，同學羨慕。

於是他上堂搗蛋，下課搞事。「你們罵吧！你們罰吧！可不能忘記了我的存在。」

出來做事，這個得上司賞識，扶搖直上；那個事業有成、飛黃騰達。

於是他⋯⋯。

不用說，等待他的是一個悲劇的結果。

是他命該如此？否則為什麼每次都輪到他做反派？

假如做父母的在客人面前，沒有忘記誇獎這個小百厭幾句，假如做老師的能注意到每個學生的長處和優點，給予鼓勵，表示欣賞，事情的發展，會不會完全兩樣？

# 多嘴

師生篇

　　小兒子派了成績表，成績不大好。評語是：「上課談話，影響學業。」

　　知子莫若父，我知道這小東西整天不停嘴，十分惹厭，卻暫時還沒有想到辦法治一治他。

　　差不多任何一班學生，都有若干多嘴仔、多嘴女。老師講，他們也講；老師不講，他們更講。嚶嚶嗡嗡，課室裏像多了一羣討厭的蒼蠅。

　　上課時談話，對學生本身來説是精神不集中，聽不到老師的講解，影響學業；對教師來説，更是一種精神的騷擾，影響教學情緒。

　　如何對付這種多嘴學生呢？

　　有的教師用膠布或膠紙封他們的嘴，似乎太嚴了一些，但對屢教不改者，未嘗不是辦法之一。

　　有的教師採隔離政策，把他們調到一個角落，四周是無人地帶，似乎效果不大，因為他們即使無人交談，也會自説自話。

　　至於「王道」一些的教師，會多給機會他們發表意見。可惜這班討厭的小東西，平時不停口，一到要他們講正經事，他們又結結巴巴了。

# 硬皮

九歲的小兒,手指上起了一塊硬皮——即所謂「繭」是也。這是長期大量抄寫的結果。有機會真想調查一下,有多少小學生手上長了這樣的硬皮。

抄寫,是許多小學教師吩咐的家課。中文要抄,英文要抄,社會、自然、健教無不要抄,學生犯了過錯,更要罰抄。

為什麼教師喜歡叫學生抄寫?原因是:

一、這樣的功課最容易吩咐,不必傷腦筋出題目;

二、這樣的功課最容易改,一分鐘可以改十本八本。

某老師每逢測驗考試之前,就叫學生抄書代替溫習。每次由第一課開始抄,一直抄到最近所教的一課。我的另一個小兒讀一年級時,就嘗過抄一至二十課的滋味。這不是虐待是什麼?

啟發學生思考的教法,呼喊了幾十年,我們的下一代,卻仍然把大部分時間花在抄寫中。輕撫孩子手指上的硬皮,不禁感慨繫之。

# 茫然

　　記得讀小學時，算術課盡是龜兔同籠、童子分桃一類故意難為學生的問題。班上有一位同學，年齡最大，算術的成績卻最差。有一次，因為一條很淺的算題他也不會解，老師大發脾氣，推着他的頭往黑板上撞。那黑板是木製的，就掛在牆上。頭撞黑板，黑板撞牆，發出「砰砰」的聲音。

　　撞過之後，他額頭上紅了一大塊，可是他沒有哭，只是茫然地呆立在那裏。

　　這種茫然，如今我仍不時在學生的臉上看到。當我舌疲唇焦地解說了一大番，叫他們起身回答，他們卻茫然地呆立時，我也會生氣。可是我總能夠及時作一次深呼吸，又耐着性子，把話說得更淺顯些，把例子舉得更明白些。假如仍有人不明白，我會叫他小息時到教員休息室，再聽我更詳細的解釋。

　　假如你問我為什麼脾氣這樣好，那因為我還記得三十多年前那頭撞黑板的「砰砰」聲，和那位同學臉上的茫然。

# 眼淚和數學

阿濃早上五時四十五分就要起牀，為的是趕六時二十五分開出的頭班火車。所以我希望能夠在晚上十一時上牀，以獲得接近七小時的睡眠。

可是我的大兒子讀下午班，小學六年級正是功課最多的階段，只是數學一科每天就超過一百題要做。一百題之中，感到困難的約二十題左右。到我想睡覺的時候，正是他要我幫他解答的時候。當然，這個時刻我的情緒不會好，加上他似乎沒有數學頭腦，很多我看來極淺易的題目，他卻無法理解。於是更增我的氣惱，不知不覺説話的口氣就變得重了。他見我脾氣不好，心裏更亂，越發顯得遲鈍，於是我的聲音更大，差不多在罵他了。結果他的眼淚終於忍不住，一滴滴的掉下來。

到我和他終於能夠上牀時，已經是午夜十二時了，留給我的是不到六小時的睡眠。

當我的頭放在枕上時，情緒就會平靜下來，代替的是一陣內疚。「沒有眼淚的數學」[註]，我是多盼望你能夠實現啊！

註：「沒有眼淚的數學」：教育署數學組時常放映的一套短片。

# 欠缺的環節

大兒子對數學感到困難,常被姊姊們罵他蠢。可是他真的蠢嗎?他畫起畫來,那最微妙的地方也能領悟到,那最難掌握的技巧也很容易上手。做得他爺爺的老畫家不是常誇獎他嗎?他砌模型的時候,那麼複雜的過程,他不是克服了一個又一個的困難,而終於能夠完成嗎?

可是,他的確對數學有困難。

他弄不清買賣賺蝕。是不是因為我們很少讓他買東西,給他的零用錢,他也差不多全部放進儲蓄箱?

他對數學題目中的立體圖形,欠缺想像,感到難以理解。是不是他根本未有機會玩過砌積木的遊戲?

現在想起來,真應該讓孩子對多種事物多玩多試,偶然欠缺的一環,說不定造成他將來很大的困難。

可是,現在的功課壓力真大呀,像一個大罩似的,把孩子都罩在裏面了。真擔心我們的孩子們,欠缺的不是一環兩環,而是許多重要的環節。這對他們的學習固然不利,對他們的人生,恐怕影響更大。

# 情感

梁實秋先生記梁任公演講，說他講時情感十分豐富強烈。講《桃花扇》時，悲從中來，竟痛哭流涕而不能自已；講杜詩講到「劍外忽傳收薊北，初聞涕淚滿衣裳。卻看妻子愁何在，漫卷詩書喜欲狂……」時，任公又真是於涕泗交流之中張口大笑了。

記得我自己初出來教書，講《愛的教育》中「少年筆耕」的故事，到年老的父親發現怪錯了自己的兒子，吻着兒子說：「我一切都明白，都知道了，我真對不起你……」時，我就兩眼含淚，哽咽至不能把故事再說下去，而班上好些善感的孩子，早哭得淚人兒似的了。

還有都德的「最後一課」，可憐的老師上完了他最後一節法文課，在黑板上振筆疾書「法蘭西萬歲！」我讀這課書給學生聽，每到這裏，也總是喉頭打結，情緒激動，即使回到教員室裏，情緒仍不能平靜。

我自知不是一個好演員，因為我怕在台上控制不了自己的情緒，以至連台詞也說不出來。不過作為一個教師，偶然一次的「不能自已」，學生總是會理解的。

# 年少氣盛

已經在教書了，自覺外語程度不夠，到一間夜校讀英文。任教的是一位外籍人士，大概他生活不很得意，學生程度又很參差，所以上課時常發脾氣，用英語罵人。

除課本外，學校還編有講義，大多是一些文法練習。這位外籍老師把同學一個個叫出去在黑板上做給他看，當然錯的多、對的少，許多人都捱了他的罵。

有一次，一位同學做錯了，老師一面罵一面自己做了一題。根據講義上的例題，我認為老師所做也一樣不對，便舉手向他提出。

他臉帶嘲諷地叫我出去另做一題，我做好返回座位時他忽然拍起手掌來，我回頭一看，他臉上惡意的嘲諷仍在，我一時氣往上衝，也反擊地鼓起掌來。這一來，不但把全班同學愕住了，連老師也愕住了。

不過外籍人士總有一種「番鬼佬脾氣」，他不但沒有把我的不遜記恨在心，以後對我還表示了特別的善意和關心。

在他離港回國之前，我們不但是師生，還成為朋友。

如今，當一些小傢伙在堂上臉紅脖子粗地頂撞於我時，我往往能心平氣和地處理，因為我知道，年少氣盛，誰沒有經歷過呢！

師生篇

# 兩款聖誕老人

在學校的聖誕遊藝會上，往往會出現一位聖誕老人，向在座者派禮物。

這位聖誕老人，往往由教師扮演。扮演這個角色的，一要身體較胖，最好有一個大肚腩；二要活潑詼諧，才能引起歡樂的高潮。有資格扮演聖誕老人的教師，平日一定已經很受同學歡迎。難道整日面罩寒霜的訓導主任肯一改平日形象？所以在學校出現的聖誕老人是精神充沛的、愉快的、很接近真聖誕老人面貌的。

百貨公司的聖誕老人如果不是臨時僱請的，將會是低級職員中的一個。他們待遇低微，穿上不稱身的服裝，化上不舒服的妝，在擁擠的人羣中站立着，做着機械性的動作，裝出公式化的笑容，忍受一些頑童的搗亂。他們是歡樂的象徵，但他們的心境卻可能毫不快樂。所以公司裏的聖誕老人往往是疲倦的、呆鈍的。結果不能起到老闆想起的作用，還使人心中有一種不舒服的感覺。

# 把書教好

　　不論一位教師有多少缺點：脾氣臭啦，管教失之太嚴啦，主觀太強啦……只要他具備一項優點，學生仍會在心中尊敬他；即使在他的背後，也一樣說他的好話。不但成績好的、操行佳的學生說他好，連那無心向學的，行為不佳的學生，也對他懷有敬意。

　　這項優點就是教書認真，有料。

　　學生來學校的第一目的是求取知識，教師的第一要務就是滿足學生求知識的要求。

　　教學生如何做人，當然也重要；不過教師如果連基本的責任也不能完成，本身就成為做人的壞榜樣，又怎能去影響學生呢？

　　所以如何精通業務，不斷改進教學技巧；如何充實自己，使知識不落後於時代；不論同樣的一課書教過多少次，仍然好像初次講授似的認真準備，是一個盡責的教師，應該努力要求自己的。

　　不必靠插科打諢，博學生歡笑；不必靠給貼士、加分，爭取學生好感。這些只能使他們當時讚你「好人」，想獲得他們心底真正的、長久的尊敬，把書教好，是最重要的工作。

# 請回答

教師的專業精神，近來又多人談及了。

一位朋友問我：「其實有沒有專業精神？究竟如何判別？」

我請他回答下面的問題：

一、你下班回到家中，還想不想工作上的問題？

二、你每天是否高高興興地回校？

三、假期長了，你有沒有重回工作崗位的渴望？

四、你有沒有改進自己工作的願望？

五、你有沒有經常閱讀與工作有關的書刊？

六、對工作有關的新動態、新措施，你有沒有敏感地注視和研究？

七、能否樂意地犧牲個人工餘或假期的時間，去做一些教育性的額外工作？

八、除了做好自己分內的工作之外，有沒有以你的熱情去鼓勵更多的人把工作做好？

我說：「如果你的答案都是肯定的，那麼你應該是一個很有專業精神的人，請讓我向你致敬。如果你全部或大半搖頭，那說明教書只是你謀生的行業而已。」

# 不理想職業

有朋友以「我的理想職業」為題，叫中三學生作文，全班四十人中，竟沒有一個選擇做教師的。

朋友慨歎說：「在下一代心目中，教師行業竟是如此的不符理想，真擔心我們這一行後繼無人。」

我笑說：「你少擔心，從來就沒有人認為碼頭苦力，清糞工人是理想職業，但這些行業不還是有人去做？」

朋友說：「如果年青一代，人人不得已而求其次，甚之次之又次才被迫教書，那實在是教育行業的悲劇。」

我說：「這悲劇早已上演，稍為有點本領的都不願入這一行，勉強入了行也是騎牛搵馬，有路就走。」

朋友說：「其實這一行待遇不差，假期又多，為什麼會這樣沒有吸引力？」

一個學生的答覆比我說的更傳神：「教書？咪搞我！激死多過病死！」

# 欠缺成就感

社會工作者慨歎他們的工作猶如補鍋，而且補得這裏那裏又破，所以常有無能為力之感。

教師這一行的欠缺吸引力，除了學生越來越難教之外，半途轉行的都會指出一點：工作欠缺成就感。

除了得全港精英而教育之的幾間名校之外，教師的感覺是學生成績普遍低落。不止是中英語文程度的低落，還包括其他各科以至品格的低落。

農夫耕種，有荒年也有豐年，某些學校卻是年年失收。即使是校譽不太差的學校，如果你教的不是精英班，雖然花了很大的氣力，那結果也是常常令人沮喪的。

即使教的是精英班，也往往因學生精神的空虛，人生觀的自私淺窄，師生間感情的疏離淡薄，使教師懷疑自己的工作究竟有沒有意義。辛辛苦苦的把他們托上上層社會的階梯，對這個社會究竟有什麼好處？

# 種子

魯賓遜飄流荒島，起初只能靠打獵為生，後來一個口袋裏的殘餘麥粒，成為珍貴的種子，種出了越來越多的小麥，最後魯賓遜可以自己做麵包吃。

種子，即使只得一兩顆，也是彌足珍貴的，因為它會發芽、生長、繁衍。

不論香港的教育制度有多少不合理的地方，教育工作者絕不該因此灰心喪志，認為這是不值得耕耘的地方，更不該以之作為對工作敷衍塞責的藉口。因為你的學生即使整體看來是十分的不濟，十分的令人失望，可是我堅信，只要你辛勤灌溉，努力栽培，那長出來的絕不會都是莠草，其中必有一些能開出美麗的花朵，長出可吃的果實。

對於教育制度的譴責，香港並不缺乏，對於未盡職責的教師，似乎還未給予足夠的壓力。希望每位有職業道德的教師，先從本身做起，挽救每一粒有希望的種子；同時更進一步，去喚醒更多同行的良心。即使土地瘦瘠，氣候不佳，我們的園地一樣可以青葱一片。

# 可惱也

在家庭中，某些成員頗有不顧別人的表現，例如深夜還開着電視機，又不將聲浪減低；例如長時間地「煲電話粥」，妨礙了別人的事務；例如躲在洗手間裏老是不出來，使別人無法使用。更糟的是把廁紙用得一張不剩，既不補充，又不告訴別人，等人家「辦公」完畢，才發覺沒有紙，那真是可惱也！

在學校裏，也有一些不顧人的同事。例如離開課室時不擦乾淨黑板，要別人替他服務兼做「吸塵機」；例如過了時間還是不離開課室，讓下一節的教師站在走廊上吹風，佔用了他們的授課時間，影響了他們的授課計劃；例如經常因小故請假，要同事代課，增加了別人的工作負擔；例如考試之後不能準時交分數給別人，或者分數計算錯誤，阻延了別人的工作；更有故意在考試之前向自己教的學生作種種暗示，或對某類題目多加操練，或明言那一段特別重要，務求他們的成績勝過他班，以顯示自己教導有方。這類顧己不顧人的行為，也同樣是可惱也！

# 仇人

師生篇

不知從那一天起，把班上的幾個孩子當成了仇人。

只因他們上課時不留心聽書，還要妨礙別人，使一節課很難順利地進行。

他們是如此放肆，不把任何老師放在眼中，處罰對他們來說，已是家常便飯。好像有一天不受罰，有一堂不捱罵，就會渾身不舒服似的。

上他們的課，等於一場鬥爭，常要作劇烈的交手（當然不是打架），那視之如仇敵的心理就是這樣一天一天的積聚而形成了。

今天是期考的日子，我派卷之後，偶然向他們之中的一個看去，見他皺着眉頭呆在那裏，無聊地玩着手上的原子筆。他濃濃的眉毛，挺直的鼻樑，倒是長得漂亮；那校呔結得不長不短，而且十分挺括；勻稱而發育健全的身體，坐在那裏真是一表人才。不認識的人誰知道他的行為是如此不堪，而今天的考試可能要吃蛋呢？

他忽然張口打了個呵欠，無可奈何地伸了伸懶腰。一陣憐憫之情突然升上我的心頭：對他們來說，學校的日子的確不容易過呀。他們的父母把子弟交給我們教導，我們卻把他們當作仇人看待，這究竟是什麼一回事呢？

# 老辣

假如留意一下聘請高職人員的廣告，便可知道除學歷外，工作經驗也是一個被強調的條件。

聽說有些行業的新丁，初出來工作時薪水很低，待積累了經驗之後，經幾次的「跳槽」，薪水就有成倍的增長。

教書這行業，經驗一樣重要。舉例來說，同是教一類數學問題，沒有經驗的教師自說自話，以為學生明白了；待把家課本子收來一改，才發覺錯誤百出。有經驗的教師未教之前，早知道這類算題學生通常的困難所在，最容易犯的錯誤又是哪些，教學的時候早有先見之明，學生當然聽得比較明白，也不會再犯別人已經犯過的錯誤。

《韓非子》上有一篇談雕刻木偶人，說起初鼻子不妨雕大些，因為大了不妥可以改小，雕小了就不能變大；眼睛卻可以雕小些，因為小了不妥可以變大，雕大了卻不能變小。這樣有智慧的說話，絕對是經驗的結晶。

薑越老越辣，總是有理由的。

# 教齡

　　和年青的同行談天，一聽說我已有將近三十年「教齡」，反應往往很強烈。

　　「你教書時我還未曾出世呢！」

　　「真不能想像我會教這麼久，才教幾年我已經覺得自己很『殘』了。」

　　「是什麼支持你一直從事教育工作？從你所寫的文字中發覺你仍是那麼樂觀、那麼積極，那是由於什麼？」

　　下面是阿濃的自白：

　　教齡三十年不算長，教齡超過四十的同行有的是。你們不相信自己會教幾十年的書，但幾十年轉瞬即至。我相信你們到時會發覺自己還在這個崗位上，至少你們之中的大部分人會如此。我為什麼不轉行？因為我不會幹別的比教育更具吸引力的工作。吸引我的是這工作比較活，面對的不是機械，不是文件，不是鈔票，而是活生生的、有感情、有個性、有反應的人。至於樂觀和積極，是我個性的一面，另一面卻是悲觀和無奈，由於我不想那些灰暗的東西使別人不快，下筆時經過過濾，看上去就以為我是個老是在陽光下唱歌的快活人了。

# 退休

不止一次見到退休的同事在致告別詞時，情緒激動，喉頭打結，以致不能終篇。

我想：到我退休時，會不會也是這個樣子？

會的，我想。像我這樣善感的人，到時恐怕一句話也說不出來呢。

退休表示什麼？表示教員室裏再沒有你的座位，表示時間表上再沒有你的教節，表示你再不能站在黑板前滔滔不絕，表示你再聽不到孩子們一同喊「先生早晨」，表示你的能力已不足以再擔任這份辛勞的工作，表示你要從學校這個舞台消失……

早上再不用校鬧鐘起牀，也不用忙着換衣服、結領帶；晚上燈下沒有一疊疊的練習簿，更不用寫講義，出題目……你是自由了，可是你卻不想高飛。那幾十年來跟隨你的一切，如今忽的緊緊地繫着你的心。

「脫苦海了！」同事恭喜你，聽起來很有羨慕的意思。可是在「苦海」掙扎已久的人，一旦超脫，卻又無處可去，怎不茫然若有所失呢？

# 不親

　　一位初出道的師弟，值日時在操場見一個小學二年級的女生，面頰紅紅，梳兩條小辮，十分趣緻，忍不住在她的臉上捏了一下。誰知這小女孩把頭一扭，半真半假的說：

　　「鹹濕！」

　　嚇得這位師弟像被火烙似的連忙縮回了手。

　　社會風氣加上孩子的早熟，小學二年級學生也不再天真無邪，男教師還是不要碰女學生為佳。

　　說到教師對學生的身體接觸，如果是適當並且出於自然，本可增進情誼，加強溝通。例如摸摸他的頭表示安慰或獎勵，拍拍他的膊表示信任或親熱，在他的肩上來一拳，表示熟落或輕輕的責怪。不過要記得這只在低年級和同性別之間沒有什麼禁忌；一到高年級，男先生對女學生固然不能隨便，女先生對男學生也要小心，一則免他們感到尷尬，二則怕他們產生一種錯誤的感情。

　　說起來好像還有點「男女授受不親」的封建味道，可是誰叫我們處身在一個風氣不正常的社會裏呢？

56

# 貴賓

學校畢業典禮總要請貴賓來演講和頒獎，邀請的貴賓地位越高，校方就越覺得有面子。於是一些名流到了畢業禮的旺季，就多了這一類的應酬。

近年來情況有了改變，一些有名的中學，也不一定請名流做主賓，而是邀請一些退休的老同事擔任此項工作。這真是一個進步的做法，值得鼓勵和推廣。

好處之一是比較容易請，退休教師總比名流清閒，又和學校有濃厚的感情，甚至把被邀請當做一種光榮，所以多數是答允的。

好處之二是減輕了辦事人的精神壓力，大家是舊同事、老朋友，有什麼不完善、不周到的地方，當然多多包涵，不像請「大粒佬」那麼誠惶誠恐。

好處之三是大家和退休同事多時不見，可以借這一天談談說說，重溫舊日情誼。學生也可借此機會與日常思念的老師親熱一番。

好處之四是退休教師演說時內容多具親切感，不像大人物那般公式和官式也。

師生篇

# 聽罵

除了放假的日子，每天早上我都聽到有人在擴音器中罵人，有時是沙啞的男音，更多的是尖利的女音。

所罵的內容無非是某班站得不好，某班有人談話，有時大概罵也不發生效力，就會聽到刺耳的呼喝，連擴音器也因吃不消而發出「嗚嗚」的「抗議」。

這是附近一間小學上課前的例行集會。我不知道這種集會的目的和意義何在，難道就是讓學生集合起來聽不同的教師罵人？

我懷疑，全校學生還沒有上課就要捱罵，會不會影響整日的情緒。

附近居住的一些還沒有入學的幼童，每天都聽到學校裏傳來罵人的聲音，他們對學校會獲得怎樣的印象？

記得自己讀小學時，每天早上也要集隊，內容包括聽老師講德育故事和集體唱歌，那氣氛是相當愉快的。

如果集隊而沒有好的內容，只是「勞氣」和「激氣」，倒不如取消為佳。

# 拍照留念

拍照留念，乃學校每年例牌節目。

校方早有通知，該日學生必須穿着最光鮮整齊的校服，教師們也都衣着整齊，隨便如阿濃，亦被迫掛上領帶。

呆坐在太陽底下，不時露齒作狀而笑，實是苦事，不過到照片曬好，大家傳觀時，卻常常是妙趣橫生的。

那坐在正中，西裝煌然的當然是校長。某校主任，體型屬大塊頭格，亦喜穿西裝，拍照時坐校長側，照片拍出來，主任顯得比校長更像校長。如是者經過兩年，校長乃有編定座位拍照的新措施，另外兩位較矮小的主任被指定坐於校長左右了。

某老師神經緊張，拍照時不停眨眼，三年中倒有兩年拍出來時是閉着眼睛的。一位女同事拍照時不自覺地把頭側向一邊，她旁邊恰為一男同事，乃有類似親密鏡頭出現，被那貧嘴的取笑一番。

頑皮學生喜歡於拍照時在別人頭上用兩隻拇指裝角。某年的照片曬出來，一位老師的頭上竟然出現這樣的「牛角」，這個整古做怪的學生當然被訓斥一番，由於當時所拍的兩張中有一張拍壞了，只好將就用這一

張。學生訂購照片與否，純屬自由，而這張照片居然成
為最多人選購的趣怪錯體云。

師生篇

父母篇

濃情話：「每一個孩子，到他們長大時，都應該懂得
　　　　尊敬母親的一雙硬手。」

# 失落

孩子出世，對母親來説是一次解放：不必到那裏都挺着個肚子了。

孩子會自己走路，對做父母的來説，是又一次解放。不必老是抱在手上，負在背上了。

孩子會自己過馬路了，是孩子邁向獨立的又一步，做父母的不用再跟出跟入了。

孩子會自己謀生了，孩子已不再是孩子，他算是真正獨立了。可是這時候父母除了感到肩膊上的擔子輕了之外，卻還有點失落之感。因為依賴了多年的孩子，已不再依賴他們。他們走出去建立自己的小家庭，顯得毫無眷戀之情。

如果孩子是女兒，有一天挽着父親的手進教堂，卻挽着另一位男子的手出教堂時，做父母的心裏那種「若有所失」的感覺會更強烈。

當大家連聲恭喜時，誰會留意到新外母眼角的淚影？

即使那至親的女兒，也沒有時間去想及父母的寂寞。因為在一段快樂的日子之後，她也將背起撫育下一代的十字架。

# 硬手

一位朋友的太太談及她小女兒的一件小事：

有一天；她拖着小女兒和鄰居的兩位太太到超級市場去買東西。

她的小女兒很趣緻，所以那兩位太太很樂意拖着她的手仔同行。

買好東西回到家裏，小女兒忽然發表「評論」說：

「我喜歡拖張阿姨的手，因為她的手最軟；我不喜歡拖媽媽的手，因為媽媽的手最硬。」

這位太太感慨地說：「這幾年家務做多了，手越做越硬，連女兒也不願拖我的手了。」

我的祖母是在鄉下耕種的，有時她到城裏來住幾天。那時我還小，祖母和我同牀而睡。天氣冷，我的腳凍冰冰的，祖母就用她那雙長滿老繭的手來暖我的腳。那又粗又硬卻又十分溫暖的感覺，幾十年後的今天我還記得。

每一個孩子，到他們長大時，都應該懂得尊敬母親的一雙硬手。

# 棉被

　　常常看到母子之間的小衝突，做母親的對兒子是關懷備至，整天向他問這問那，怕他冷了，又怕他餓了。做兒子的先是有一句沒一句的回答着，愛理不理的，滿臉不耐煩的神情。那做母親的卻好像沒有察覺兒子這種厭煩的情緒，仍是絮絮叨叨的詢問着，叮嚀着……最後終於惹來一聲無禮的吼叫：

　　「請你不要這麼煩！」

　　跟着怒沖沖的跑到街上去了。剩下母親在家淌眼淚。

　　像我們這個年紀的人，對年青一代這種無禮的態度當然看不過眼，搖頭歎息之後會為做母親的感到不值。但冷靜地回想一下，自己年青時何嘗沒有這樣對待過自己的母親？也不過是在自己為人父母之後，才對這種「父母心」有較深的了解，因而對年老嘮叨的母親才沒有那麼無禮。

　　於梨華女士曾經形容這種愛「像一牀密不通風的棉被」，使兒女難以呼吸。看來做母親的對自己那份感情的表達，也要懂得節制一下。

# 教子

晉朝謝安的太太教導兒子，十分「勞氣」，忍不住贈老謝幾句說：「總不見你教孩子！」老謝說：「我自己的行為就是對孩子的一種教導。」這故事是說身教重於言教。

伊索寓言中有一隻母蟹，怪責兒子說：「孩子，你為什麼要這樣地橫行呢？向前直走，便當得多了。」那小蟹回答說：「親愛的母親，你說得對，可是你為什麼不直走給我看看呢？」這故事說的也是同樣道理。

許多家長都知道這個道理，但了解並不深切。平日根本不記得這回事，到記得時，也只是裝模作樣一番，算是做戲給孩子看，但轉頭又忘記了。這種做戲式的身教，徒然給孩子虛偽的感覺。

其實你日常生活中的一舉一動，一言一笑，只要落到你孩子的眼中、耳中，就會對他們有或好或壞的影響。

在長年累月的共同相處中，孩子早把你看得清清楚楚。你想孩子受到好影響，除了力求自己的德行高尚潔美之外，絕無其他辦法。

# 不滿

　　某社團曾經在兒童間進行過一次調查，發覺他們對父母大多有所不滿，不滿於父親的似乎是性情暴躁，愛發脾氣；不滿於母親的項目較多，包括嚕囌、偏心，打牌等等。

　　不必為做父母的辯解，也不必怪孩子們要求父母過高，事實上不滿各點都是實情。

　　我想：最好也能在父母間進行一次調查，看做父母的最不滿意兒女的又是那一些，大家把問題攤開來，說不定能將代溝縮窄。

　　阿濃忝為四任父親，試列舉父母不滿於子女的若干項目如下：

　　（一）對父母無禮；（二）對父母不關心；（三）懶做家務；（四）兄弟姊妹間爭吵；（五）夜歸；（六）不愛惜金錢；（七）打扮太新潮；（八）讀書不用功；（九）在家中製造喧鬧；（十）不能保持地方整潔。

　　其實父親的脾氣暴躁，母親的長氣嚕囌，往往由子女上述毛病而起。如果子女肯自律一下，改善一下自己的行為態度，那麼老頭子的火氣就不會這樣猛，媽媽也不會整天嘴不停了。

# 你老了

不論是新食品還是新玩意，最先嘗試的常常是小孩子和青年人。

家鄉雞、漢堡包、新牌子的糖果和汽水，最先的顧客總是新的一代。

搖搖、滑板、遙遠控制的模型，這些玩意兒也是青少年的天下。

至於新款式的服裝，當然最先總在年青人身上出現，然後形成潮流。

成年人對這些往往沒有好評，他們認為年青的一代喜新厭舊，沒有選擇能力，盲目跟隨潮流，幼稚淺薄。

成年人還會用「大麻」為例，證明青年人追求新奇刺激的危險性。

喜新厭舊的確是青年人的特點，但不一定是壞事。人類社會賴以進步的新思想也是青年人最先吸取，然後日漸普遍，形成潮流。

假如你覺得年青的一代樣樣都不順你的眼，只是證明了一點：你老了！

# 孝

聽到一個真實的故事：

兩父子吵架，兒子對老子說：「你養了我十九年，如今算起來我也養了你十九年了，誰也不欠誰了！」

老頭子一怒之下，離家出走，從此再沒有回來，如今已兩年了。

朋友告訴我這個故事時，搖頭歎息，說年青的一代越來越澆薄了。

我對他說：有一個兒子肯養你十九年，你已算是幾生修到的了。

小時讀二十四孝的故事，只是當故事看。因為自問沒有勇氣在大腿上割一塊肉來醫父母的病，至於大冷天脫了衣服睡到冰上去捉鯉魚，也是想到就打冷震。

到年齡稍為大了，得知這些都是愚孝，不值得仿效──老師也是這樣分析的。

可是反對愚孝的結果，把不愚之孝也反掉了。我們曾聽說過許多駭人的忤逆故事。

聽說內地已規定兒女要奉養父母，不奉養是一種犯罪行為。我不奢望香港也有這樣的規定，只希望老師們有機會時多教導孩子尊敬家中的老人和父母。

# 查詢

暑假開始了，孩子們今天去這裏，明天去那裏，節目多多。

專制些的家長，只准孩子參加學校舉辦的暑期活動。

放任的家長則一概不理，只要孩子晚上回家睡覺就算正常。

而大多數的家長卻在兩者之間，他們允許孩子參加正當、安全的活動，但要孩子詳細說出目的地，有哪些人參加，什麼時候回家。如果知道參加者有老師在內，家長就比較放心讓孩子去。所以有一個時期我經常被學生約去旅行，除了我在他們心目中並不討厭之外，主要是把我當做他們的通行證。

不過近年來少年們越來越「叻」了，他們對家長的詳細查詢越來越不耐煩，甚至覺得是一種干涉。家長多問幾句，他們的臉色就很難看，回答的口氣也由負氣漸漸轉為不遜。你問他跟哪些人一起去，他說：「告訴你你也不認識！」你問他什麼時候回家，他說「點話得埋（怎說得定）！」從前的父母是半個專制帝王，現在的父母卻要努力學習忍氣的功夫。

# 觀察

一位有經驗的小學女教師說：看看小學生的外表和動靜，就知道他們的母親對他們如何。

下面是她的舉例：

孩子的耳背有老泥，牙齒發黃。說明母親不大注意他的清潔。如果孩子連耳背也洗得乾乾淨淨，那母親對孩子身體的清潔一定很認真。

孩子天涼了還穿着夏天衣服，天熱時卻又穿着厚衣。說明了母親無暇照料兒女，甚至這孩子根本沒有母親。

孩子的手腳生了疥瘡，長時期沒有治療。說明了母親做事馬虎，不關心子女。

女孩子年紀小小就燙曲了頭髮。說明了她的母親相當喜歡打扮，不但自己扮，連女兒也要扮起來。

孩子不守秩序，你走到他的身邊，把手向他一指，他卻敏捷地向上一擋，把頭向下一縮，說明了他在家中常被父母照頭照臉的打，才會有這種過敏的反應。

# 禮貌

大人常常罵小孩子沒有禮貌。

其實被罵的小孩未必有什麼錯，他們只是把大人和自己平等看待，大人卻要把自己高小孩一等。小孩一時忘記，就會被指為沒有禮貌。

比如小孩與小孩之間常常爭着講話，大人與大人間也有這種情形，大家都不覺得怎樣，但是如果小孩子插嘴打斷大人的話，就會被指為沒有禮貌了。

小孩招呼小孩可以說「喂」，大人招呼相熟的朋友，也可以說「喂」，大人叫小孩，更可以說「喂」，惟獨小孩不可以招呼大人說「喂」，一說就是不禮貌。

其實小孩子的禮貌常比大人好，我打錯電話，如果對方是大人，常常會送來一句粗口，如果是小孩，他絕不會罵我。

在巴士上讓位給老人和傷殘人士的也是以小孩子（八、九歲以上的）為多。

誰說小孩子沒有禮貌！

# 催

　　大人常常催小孩做這樣，做那樣。

　　一看見小孩子玩就催他們做功課，一吃過晚飯就催他們洗澡，一到平日睡覺的時間就催他們上牀，冷天的早上卻又催他們起身，游泳的時候催他們上岸，到親戚家去催他們回家。

　　看來大人最喜歡掃孩子的興，總是在孩子意興最濃時要他們停止。

　　小孩子也催大人做這樣，做那樣。

　　未到開飯時間就催開飯，新戲一上映就催着去看，旅行之前催着出發，女孩子催媽媽快做新裙子，男孩子催爸爸快買新遊戲機，學生催老師快派卷。

　　孩子們總比大人性急。喜歡作弄孩子的大人講故事講到最緊張的地方故意停下來，害得那些小傢伙抓耳撓腮的，催個不停，真是有趣。

# 暴戾

有時聽父母罵子女，直覺毛骨聳然。

「再嘈就掟你落街！」

「信唔信我劏咗你！」

「我怒起來一巴就刮死你！」

當然做父母的不會真的這樣做，除非他們是神經病，但這樣恐怖的說話將會帶給孩子以不良的影響。

每見有些孩子十分暴戾，他們全無愛心，見貓打貓，見狗踢狗（當然是不會咬人的小狗）；不論是什麼美麗的昆蟲，他們會一腳踏死；一些小動物落到他們手上，更會被殘忍地破腹分肢，引以為樂。

我懷疑，他們的暴戾之氣和他們父母罵人的方式，其間有沒有因果關係。

父母篇

# 家長

有的家長從來不關心子女的功課，孩子的練習簿從來不看，孩子做功課有什麼困難從來不理。不理不看的理由一是忙、二是不懂。

但這些不理不看的家長，到孩子拿成績表給他們看時，他們不但看，而且看得很仔細；他們不但理，而且理得很認真。

「為什麼這一科比上學期退步了？」

「為什麼上次考第五，這次考第六？」

「為什麼有一科不及格？」

他們不停地埋怨，不停地責怪，那脾氣不好的甚至會在孩子臉上刮上一巴掌。

孩子哭哭啼啼，家長又喝又罵，又說不讓吃飯，又說要趕出街做乞兒。孩子自知理虧，只得吞聲飲泣；家長卻覺得自己嚴於教子，把威風發揮到盡致。一場鬧劇要到大人脾氣發完，中氣不足才肯停止。

那成績表簽了名之後，家長似乎責任已了，從此又恢復不理的原狀。

# 脾氣

　　做母親的常常怪責孩子脾氣不好，容易動怒，其實孩子動怒常常是有理由的。

　　孩子很重視大人的許諾，孩子有時向大人提出一些要求，大人隨口答應了，又隨即忘記了。滿懷熱望的孩子，到發覺大人不能實踐諾言時，他們就會很失望，做出種種發脾氣的表示，以顯示自己的不滿。

　　孩子要求大人重視自己，他們說的話，希望大人肯聽；他們提的意見，希望大人能考慮甚至接受。可是許多大人不想聽孩子的話，孩子一開口，他們就不耐煩地打斷；孩子們提供什麼意見，他們就說：「小孩子懂什麼！」這種情況怎不令孩子憤憤？

　　孩子不喜歡老是受人擺佈，被命令去做這做那，卻又不准去做自己喜歡的事。可是大人們偏偏喜歡支使孩子，強迫他們做自己不喜歡的事。

　　想孩子脾氣好，喝涼茶不是辦法，而是要給予適當的尊重，平等對待。

# 短劇

這樣的短劇，每天在許多家庭上演。

情緒不大好的父親，放工回來，只想看看報紙，休息一下。

管束不了孫兒的祖母，開始絮絮不休的「投訴」，說孩子們不聽話啦，不肯做功課啦，把地方弄得亂糟糟啦……。

做父親的耳根不得清靜，心中的火越來越盛，面色由陰沉而鐵青，終於暴喝一聲，把孩子們叫到面前，用籐條、雞毛掃或是巴掌來一頓好打。與其說是教訓，倒不如說是對老人家囉嗦的反擊。

這一招果然有效。老人家眼見孫兒被打，十分心疼，「投訴」立即停止，只剩被打的孩子在低聲啜泣。

這時候，孫兒心中埋怨祖母的多口，孩子的母親也因心疼而暗中嫌家婆多事，那打了孩子的父親正為自己粗暴的行為而後悔，也不覺在心中責怪老人家的囉嗦。

祖母正忙着替孩子抹眼淚，並暗中答應一會兒請他吃雪糕。

# 獨自

孩子每次看牙醫，護士總是把我拒之手術室外，只讓孩子獨自進去。

這大概是醫生積聚了許多經驗之後的有效措施。補牙、拔牙，絕不是什麼愉快的事，有些大人也會在候診室裏發抖，何況是小孩子。當大人陪着進去的時候，小孩子往往又哭又鬧，弄得牙醫心煩意亂。而大人不在場的時候，孩子卻合作得多。其原因一則是畏懼，二則是失去了哭鬧的對象——他們知道牙醫一定不會賣他們的賬。

眼看着小不點兒的孩子，跟着壯碩的牙醫護士走進手術室時，孩子憂慮的神色，也會使我對他十分同情。但想到這正是一個好機會，讓他獨自面對一些「磨難」，不失為一種有益的鍛煉，我又不禁微笑了。

生活中有許多事情，要讓孩子獨自去面對，去擔當，做父母的最好站遠一點，用眼尾吊着一些就夠了。事事陪着孩子，將使他很難建立起獨立處理事情的信心。

# 適應

朋友的小兒子，活潑好動。朋友為免照顧麻煩，有什麼地方去都盡量把他留在家中，只帶哥哥姊姊們同行。

這孩子只有五六歲，就練得一種換衣服的本領：當他發現父母有瞞着他外出的跡象時，就能在一兩分鐘內把衣服鞋襪穿得整整齊齊，坐在廳上等着一同出門。雖然有時他一樣被拒絕跟隨前往，但許多時做父母的會心軟，他就得償所願了。

即使是小孩子，對環境也有很強的適應能力，此所以生活中有困難的孩子，往往比生活得順遂的孩子來得精靈、老練、能幹。

樣樣有人照料周詳的孩子，有時七八歲也不會綁鞋帶，沒有人服侍倒水就無法洗澡。

我們對從小就要面對人生艱困的孩子往往寄予無限同情，但我們卻也不妨把這當作「天將降大任於斯人也」，我們的心或許可以因此獲得一點安慰。

如果我們的環境還不錯的話，卻要防止孩子太過養尊處優。為他們製造一些鍛煉的機會吧，否則在生活的競爭中，他們會輸一籌的。

# 兒女篇

濃情話：「直至父親撒手塵寰，父親的真實價值才再
　　　　　度顯現，他的可敬可愛處遠超過他的缺點。
　　　　　但對兒女們來說，這認識未免太遲了。」

# 滿足

孩子們有時候很難滿足，有時卻很容易滿足。

女兒兩三歲的時候，最喜歡聽故事。晚上想她睡覺，講故事是交換條件。我答應講故事了，她就乖乖的換上睡衣，乖乖的躺在小牀上，笑瞇瞇的等我講。故事講完了，她也差不多睡着了。別擔心我要去搜羅什麼兒童故事，一個小白兔拔蘿蔔的故事，可以連說一個月她也不討厭。

晚上兩個小兒子做功課做到十一點多鐘，眼倦手酸。為父的說：「讓我們來煮公仔麵好不好？」他們立即大呼好嘢，雀躍萬分，連疲倦也不知那裏去了。於是三仔爺到廚房去煮起來，五分鐘後已經有得吃。不但他們覺得好味道，我也覺得其味無窮哩。

阿濃雜務頗多，晚上常常不在家，要到十一點多鐘才回來。尤其星期一晚上，更多數有事外出。如星期一晚上吃飯之後，我沒有離家的意思，孩子就問：「爸爸，你今晚不出街？」我說：「唔！」他們就一跳三尺，高呼好嘢，叫得阿濃愧疚萬分。他們是這樣容易滿足，而我竟無法常常滿足他們。

# 父親

在兒女心目中，父親的地位也有一番興衰。

孩子入學之前，父親是他們心目中最偉大的人物，他們崇拜父親——尤其是男孩子，更事事以父親為榜樣，學他們說話的腔調，走路的姿勢。小孩子們坐在一起談論自己的父親時，似乎人人的爸爸都是了不起的英雄好漢。

隨着讀書、入學，孩子的知識漸多，父親的地位在他們心目中也日漸低降。尤其是知識水平不高的父親，往往為多讀了幾年書的兒女所輕視。父親對人生、對事物的看法，更被視為「老土」。

到兒女自己有了孩子，嘗到做父親的滋味，開始對自己的父親，有了不同的理解，父親的地位似乎有所好轉。但有些父親已老得行動不便，事事需要照顧，即使在孝順的兒女心目中，其地位也與要照料的孩子等同了。

直至父親撒手塵寰，父親的真實價值才再度顯現，他的可敬可愛處遠超過他的缺點。但對兒女們來說，這認識未免太遲了。

# 用之不衰

父母管教孩子的方法，從古至今，用之不衰的仍是體罰。「棒頭出孝子」的話深入人心，雞毛掃如此好賣，看來有一半是用作施刑工具。

《紅樓夢》上賈政教訓寶玉，在他屁股上打了一頓板子，直打得皮開肉綻。雖然是小說上的事，我想也一定反映了現實。胡適在《四十自述》中回憶母親責罰他的方式是「擰肉」，這是一種無聲的體罰，加上她不許胡適哭出聲音來，一切都在寂靜中進行，只有施者和受者兩人知道。

阿濃所見香港父母的體罰也沒有什麼新招數，無非是隨手一巴掌、雞毛掃或籐條亂抽、乒乓球板打屁股之類，打人的連打帶罵，被打的鬼哭神號，誰看了也得心煩。

不過時代進步，被打者的年齡已越來越減，現在十五六歲的孩子已經很少被父母打。並不是他們比從前的孩子聽話，而是如果打了他們，後果堪虞，包括離家出走，告將官裏去，甚至惡言相向，打返轉頭，問你怕未？

# 留字

　　友人有女，小學畢業即送往外地讀書，僅聖誕節及暑假兩次來歸，一慰離別之情。

　　此女感情豐富而心細如塵，異邦來信，固然大談彼邦生活之樂，機場告別亦神色自若，笑語如常，蓋免父母增添愁思也。

　　今年春節，為此女第一個不在家中度過的春節。做父母的照樣抹窗、打蠟、蒸糕、做菜，但口雖不說，心中卻事事都記着女兒。抹窗、打蠟時記得當日她在家時的能幹；蒸糕、煮菜時記得她喜歡吃的幾味，現在她在外國那有這些東西吃呢？

　　做母親的除夕晚上把裝糖果的全盒拿出來，準備把瓜子、糖果放進去，卻發現裏面放了一封信，拆開一看，竟是女兒靜靜留下的，上面寫道：

爸爸、媽媽：

　　祝你們新年快樂，身體健康！女兒在遙遠的地方祝賀你們。我會用功讀書，不必掛念！

女兒留字

　　做母親的靜靜地把信遞給做父親的，跟着兩人相視而笑，但淚珠已掛了一臉。

# 搖籃曲

　　D. B. Commins 編的《世界搖籃曲》真了不起，書中收集了世界各地的搖籃曲一百四十多首，每一首都有簡單的背景介紹、樂譜、歌詞譯音，還附有原文（如中文、日文、朝鮮文、阿拉伯文……）。每一大類之前，都有一幅不同地區的母子合照，但見親情流露，愛意橫溢。

　　書中也收了一首廣東搖籃曲，那是大家都熟悉的「月光光」。

　　作者在前言中說：「搖籃曲是愛的歌，有的歡樂，有的憂愁，但總是溫柔的，是一種人類深情的流露。搖籃曲誕生於母親心中，存於孩子的記憶，伴他一生甚至更為久遠，因為它是代代相傳的。」

　　作者又說：「文化會改變，國家有興亡，語言會發展或消失，搖籃曲卻恆在。」

　　阿濃音樂知識貧乏，不能照着歌譜把這些歌唱出來。真希望有人把其中一些用溫柔的母親的聲音製成錄音帶，讓那些想重溫母愛的，感到孤獨的，輾轉不能成眠的朋友，能在充滿愛意的甜美歌聲中酣然入夢。

# 不肯睡

　　大部分的嬰兒都是搗蛋鬼，他們白天酣睡，弄也弄不醒；到晚上大人要睡覺時，卻眼仔晶晶，精神爽利，要人抱，要人陪，無論如何不肯入睡。

　　疲倦的母親只好半閉着眼睛，求助於搖籃曲，慢搖輕拍，希望小東西被催眠。

　　小東西在母親懷中，顯然十分欣賞這種舒適，臉帶微笑，牙牙作聲和母親招呼，可就是毫無睡意。有時好不容易才使他合上小眼，但把他一放上小牀，他卻又立即睜開眼睛，把渴睡得睜不開眼睛的母親氣得半死。

　　此所以搖籃曲中也不乏母親的「恐嚇之詞」，表現了母親發火的情緒。例如洪都拉斯的母親唱道：「寶寶再不睡，山狗就會吃了你！」千里達的母親唱道：「寶寶再不睡覺，就要給大貓吃了！」厄瓜多爾的母親說：「如果妖魔發覺寶寶未睡覺，就要把你吃掉！」

　　廣東的「月光光」，歌詞有不同的變化，本書收集的一首，媽媽唱到「馬鞭長」，還是毫無進展，便不耐煩了：「……買馬鞭、馬鞭長，打你個屎忽仔！咁就快的去瞓覺覺啦！」

# 孩子的心

別以為只是孩子體會不到父母的愛心，其實許多父母對兒女的愛心也懵然不知。

做父親的，你可知道孩子最怕你喝醉？因為他們知道酒能傷身，而你醉酒的樣子很可怕。當你的朋友一杯又一杯的灌你喝時，留心一下你兒女的表情吧，他們正痛恨地看着你的朋友，恨不得把他們趕出門去。

做母親的，你可知道孩子最不喜歡你打牌？因為你一打牌，就會冷落了他們，甚至連飯也不煮，叫他們去買飯盒。當你的左鄰右里來約腳時，也留心一下你兒女的表情吧。他們在和你的雀友爭母親呢，他們很需要你的愛和關心，片刻也不能缺。

做父母的，你們可知道孩子最怕你們吵架？因為你們都是他們所愛的，所敬的；而你們居然擺出難看的樣子，講出難聽的說話，這使他們多麼難過，多麼傷心呀！假使你們不但吵架，還動手動腳打起來的話，孩子們又害怕、又傷心，那顆小小的心幾乎要作片片碎了。

做父母的，你們可知道當你們患上重病時，孩子們是多麼的擔心呀！他們會暗自流淚，為你祈禱。你們以為他們年幼無知，他們其實比你們所想的，懂事得多、可愛得多。

# 含在嘴裏

形容做父母的寵愛兒女，有半句俗語是：「……放在嘴裏又怕溶了。」說是這樣說，還沒有真的見過有人把孩子放在嘴裏的——因為事實上做不到。

今天早上看電視特備節目「生命之源」——一套精彩絕倫的科學片集，第一次看到鱷魚父母卻真是把孵化不久的小鱷魚含在嘴裏的。

那大鱷魚張開大口，小心地把小鱷魚兜進嘴裏。小鱷魚從大鱷魚巉巉的牙齒縫裏探頭出來，安全而自得。

從愛護下一代這一點看來，人類比之其他生物，並無可以誇口之處。說到保護周至，養育劬勞，動物界中有足夠的例子說明牠們的環境比人類惡劣，牠們在養育下一代這件神聖的工作上，所付出的辛勞往往比人類大。

但是動物有一點卻是勝於人類的，牠們在撫育下一代時，只知盡自己的天職，而從沒有想到要下一代報答牠們，更沒有嘮嘮叨叨的要兒女記得他們的恩情。

# 遠了

　　和兒女輩的疏離隔膜也不知是從什麼時候開始的，就像船開時人在船艙裏，到跑出甲板一看時，已離岸甚遠了。

　　孩子們幼小時，父母回到家裏，爬膝攀頸，有無限的親密，小小的心靈裏藏不住一句話，什麼都要絮絮的告訴你。如今回到家裏，他們可能在看電視，也可能在做功課，連轉過頭來看你一眼也懶。學校裏的情形，在外面的活動，即使問他們，也往往落得不耐煩的回答。他們來找你，不是拿零用錢，就是在「家長簽名」欄上簽名。

　　今天看到理工社會服務團的一項調查結果，得知青少年感到苦惱或需要別人鼓勵時，百分之四十三點八會找同學朋友傾訴，卻只有百分之九點六會向父母傾訴。看來青少年對父母的疏離是極普遍的現象。

　　是什麼把我們和孩子越拉越遠？是我們的過失，還是自然的趨勢？這情況有沒有改善的可能？要做父母的單方面去做，還是讓孩子也感到有這樣的需要？

# 保護劑

學生離校之後，我總是設法把我和他們的關係，由師生變為朋友，那才能減少拘束，增添樂趣。

如今我也希望在兒女漸大時，把父母子女的關係，改為朋友的關係。因為前者只是血緣上的親，卻有代與代間的隔膜；後者反而能相處無間，無所不談。但想儘管想，要改變談何容易。女兒嫁出去之後，由於關係變得比較疏遠，反而可以重建父女間的「友」誼；兒子在成家立室之後，卻可能與父母更為隔膜；兩代人對事物看法的不同，再加上婆媳間的齟齬，那關係是更形淡漠了。

有人說：淡漠是自然的趨勢，天下無不散之筵席，留學、出嫁、移民甚至老一代的死亡，在淡薄的情況下，生離死別會變得容易忍受一些，如果大家的感情太濃，那種痛苦可能把人過分地傷害而難以復原呢。

細細想來，這話也有道理，樹木的種子散播四方，鳥獸的兒女成長後各自離去，都不覺得什麼，可歎的是人非草木，不能無情，為免腸斷心碎，淡薄倒成為最好的感情保護劑了。

# 人家的好

　　常常羨慕人家的孩子。

　　父母只有小學程度，整天為生活奔波，從來無法理會兒女功課，也不懂什麼教學法和兒童心理，發起脾氣來一巴掌刮過去。可是他們的孩子功課成績優異，人情世故圓熟，很會討人歡喜，家裏井井有條，連飯也是孩子們自己煮的。

　　反觀自己為人師表，兒女的功課刻刻在心，又講究什麼教育心理，智能啟發，藝術栽培。可是他們的成績也只平平，人情世故一點不懂，家務工作即使肯做，也是敷衍塞責，還要囉囉囌囌，兄弟姊妹常因小事爭吵，惹人氣惱。

　　就拿對我的態度來說，別人家的孩子，我不過盡我教師本分，對他們比較關心，他們就熱情地回報，噓寒問暖，情意殷殷。即使在分別之後，也常收到他們的來信，長的假期更約請茶敘談心。可是自己的兒女——唉，不說也罷！

　　「文章是自己的好，老婆是人家的好。」阿濃自問沒有這樣的心理，我強烈地感受到的是：「兒女是人家的好！」

# 父親節

總懷疑父親節是為了陪襯母親節而設。

男人對這類婆婆媽媽的節日一向冷淡，子女為父親做節也不及為母親做節熱心。因此，作為四個孩子的父親，阿濃認為這個節日大可取消，免得到那天又要自己掏荷包上茶樓吃一餐肥膩也。

朋友說：「你的孩子還小，到他們大了，不但不用你掏荷包，還有禮物收呢！」

我說：「那真難為他們了！」

朋友說：「養得他們那麼大，盡一點心意有什麼難為？」

我說：「難為他們能找到適合的禮物送我也！我不抽煙，不能送煙斗；不喝酒，不能送拔蘭地；不打領帶，不能送領帶和領帶夾子；不喜歡穿名牌，不能送鴉路或曼赫頓；不拿公事包，不搽化裝品，補品受不了，咖啡嫌刺激，寫字只習慣原子筆，手錶已經不止一隻……。」

# 王司馬的兒子

偶然有機會和王司馬先生閒談，話題中少不了各自的兒女，他有三名，我有四名，都屬於家計會失敗的個案。而我們都十分愛我們的孩子，不因他們帶來太多的煩惱而後悔。

王先生的漫畫我是每天必看，卻從沒有讀過他的文章，不過聽他講話，我知道他如果肯寫，也一定十分可讀。

在介紹他其中一個兒子的爽朗性格時，他舉了一個例子：

有一次，學校舉行聖誕聯歡，同班的孩子要各帶一份禮物回去交換。王先生的兒子頑皮地買了一個奶嘴作為禮物。

當各人打開包紙時，在大家的歡笑聲中，發現自己的禮物竟是一個奶嘴的同學生氣得哭了起來。

王先生的兒子立刻把自己換到的一份禮物送給那位同學，使那位同學破涕為笑。他自己雖然沒有禮物，卻絲毫也不介意。

這個故事很好地表現了一個孩子的可愛性格。通過細節來表現人物，本是漫畫家的特長，用這方法來寫作，將獲得同樣的成功。

# 一個假日

我問王司馬先生假日有什麼節目，有沒有帶孩子們去玩？

他說踢球、爬山、放風箏、行鴨寮街都是好節目，可是他特別介紹了某一個假日的特別節目。

那是一個星期天，孩子們的媽媽探朋友去了。王先生駕車過海送稿，孩子們也跟着去「遊車河」。送稿之後，時候還早，王先生問孩子們：

「今天你們想有什麼節目？」

出乎意料的，其中一個孩子說：

「我們去拜阿嫲。」

他們祖母的墓地正在香港這邊，雖然那時既非清明也非重陽，這個建議卻得到大家一致的贊同。於是立即買了鮮花，駕車去到祖母墓前，獻上鮮花，鞠躬致敬，大家在那裏盤桓了不少時光，才坐車歸去。大家都覺得這一天過得很好，很有意思。

我也覺得這件事很有意思，所以把它記下來，希望你讀了也覺得有意思。

阿濃補記：想不到司馬兄已永遠離我們而去。孩子們會不會即興地在某個假日到他靈前獻上一束鮮花？

# 長大了

大兒子氣管發炎，我陪他去看了醫生。

第二天吃晚飯的時候，偶然得知他當日仍然在學校裏買汽水喝。

我生氣了，當着全家人的面罵他説：「氣管發炎還去喝凍汽水，真是第一大蠢人！」

他忽然不遜地回嘴了，也不知道他説些什麼。總是很激動的樣子。

我詫異地看看他，見他嘴唇上面的茸毛已經黑黑的有點像鬍子。我一時間明白了：孩子已經在我不知不覺中長大了。他不能容忍別人再那麼事事管束他，更不能忍受別人傷害他的自尊，所以他才有如此的表現。看來，我要好好地記住這一點，並且修正今後對待他的態度。

於是我説：「剛才我只不過想提醒你。」

他説：「提醒是這個樣子的嗎？」

我不説什麼了，他也平靜了下來，我們繼續吃飯。

我對自己還是滿意的，因為我有足夠的冷靜，發現了問題的所在；而沒有像一些衝動的父親那般，在憤怒的情緒下給他一個耳光。

濃情話：「行家之中，有小部分『四化』教師，那就是：
　　　　　知識退化、頭腦硬化、生活腐化、工作睄化。
　　　　　誰的子弟碰上了他，誰就該倒霉了。」

# 扮演

　　鄰家的小妹妹在某校讀一年級，有一次我到她家找她爸爸談天，她正和自己的弟妹，還有幾個鄰居的小孩在玩遊戲。

　　他們的遊戲，很快就引起了我的注意。

　　四五個小孩坐在矮凳上扮演學生，鄰家的小妹妹站在他們前面扮演教師。

　　小妹妹一手叉腰，一手拿着一支籐條，尖着喉嚨一會兒呼喝這個，一會兒呼喝那個，又不時拿籐條鞭打桌子，發出吵耳的拍拍聲。

　　「你，黃阿 B，欠交功課，罰抄一百次！」

　　「李阿妹，上課不留心，出來罰企！」

　　「高小華，不聽老師話，自己扭耳仔十下！」

　　她罵人時聲色俱厲，一反平日天真俏皮的樣貌。

　　不用去調查，這位小妹妹有一位老師，正是她所扮演的那種角色。

# 筆記

半部《論語》是否可治天下，我不知道。

一部筆記可以抄上十年、八年，那是毫不稀奇的事。有些教師就是靠一部筆記養妻活兒，過着頗不錯的生活。

老師的筆記是從哪裏來的，我不知道。或許當日他曾做過一番功夫，或許竟是老師的老師傳給他的。

這種以抄筆記代替教學的老師頗不少。他們多數有一個黑色的公事包，走進課室後，珍而重之的從裏面拿出筆記簿來。或許這位老師是教歷史的，他的那本筆記簿紙質已經變黃，真是頗有歷史了。然後以相當漂亮的字體把筆記抄在黑板上——抄了十年、八年，字當然不會差到那裏。同學們就對着黑板，抄到自己的筆記簿上去。

當然也有懶得抄的，他們可以向高班的同學借一本，那內容是一字不易的。

假如你問老師：「不如寫成講義，印給大家吧。」

老師就會一板正經的説：「不要這樣懶！」

# 睇化

學生不聽話：或是懶惰不交功課，或是頑劣屢教不改，你把他叫到教員室裏，利用小息的時間，水也不喝，點心也不吃，苦口婆心地教訓他。或許他那不在乎的神態激怒了你，使你抬高了嗓子，暴突了青筋，而且還引發了你的胃痛。

當你終於無結果地把他遣走之後，卻聽到身邊一個聲音冷冷的說：

「又不是你自己的孩子，何必如此勞氣！睇化些罷，免傷身子！」

假如你尋聲看去，就會看到你那「好心」的同事，正搖着腿子，看着報紙，一副悠閒的神態。

可怕呀！假如你的孩子落在這位「睇化」先生手上。

可怕呀！假如教師這一行人人都「睇化」。

行家之中，有小部分「四化」教師，那就是：知識退化、頭腦硬化、生活腐化、工作睇化。誰的子弟碰上了他，誰就該倒霉了。

# 拂袖

　　教師也是人，不論修養多好，總會有發脾氣的時候。

　　一些男教師發脾氣的時候，聲色俱厲，連罵十分鐘仍然中氣十足，的確起到震懾作用，也是教師本身一種性格的表現。

　　部分女教師發脾氣時會淚灑課室，倒也能使男孩子羞愧，女孩子心軟，起到一定的作用。

　　教師發脾氣最忌是打人和拋擲物件。打傷了學生會惹官非，而且絕沒有人對他同情；即使沒有傷人，也已給學生一個野蠻、殘暴的印象。拋擲物件可能會傷人，甚至傷及無辜，後果與打傷人同，而給學生以沒有修養的惡劣印象。

　　至於一怒之下，拂袖而去，離開課室，雖然會有領袖生來向你道歉，請你回去上課。但當你重回課室時，可能會接觸到一些特異的目光和表情，似乎在說：「你始終要回來上課的！」那時你心中可不是味道哩。

# 理由

　　學生在廁所的牆上寫字罵先生，被罵的除訓導主任之外，還有一位好好先生。

　　這成了無頭公案。訓導主任「牙齒痕」多，得罪的學生成百成千，怎知道是誰要靠廁所大字報來洩憤呢？好好先生卻苦思而毫無結果，因為他記不起曾經得罪過那一位高足。

　　訓導主任對這樣的事一笑置之，同樣的事年年月月都有發生，唔怒得咁多！好好先生卻耿耿於懷，說了無數次的「冇理由！」

　　阿濃說：「你認為沒有理由，有時理由多得很，不過你不知道罷了。學生嫌你功課給得多，嫌你題目出得深，嫌你考試沒有貼士，嫌你下了課還講書太長氣，嫌你給他的『仇家』太高分，甚至嫌你脾氣太好，激你唔到……我們做事但求無愧於心，想盡如人意，『人人話你好！』那是妄想罷了。一個完全沒有激怒過學生的教師，絕不是好教師，這次有人寫大字報罵你，該向你恭喜才是！」

　　好好先生苦笑搖頭，心裏似乎仍然很不是味兒。

# 我想

看到有人隨地吐痰。我想：教育真需要。

聽到有人滿口粗言。我想：教育真需要。

看到有人求神治病。我想：教育真需要。

看到有人上了毒癮。我想：教育真需要。

看到有些大學生滿腦子的功名利祿，只知自己向上爬，對社會全不關心。我想：教育何用？

看到有些留學生不肯奉養培育他成材的父母。我想：教育何用？

看到有些大醫生全無醫德，貪得無厭。我想：教育何用？

看到一些政治家翻手為雲，覆手為雨，只顧個人地位，不顧百姓死活。我想：教育何用？

我把我的疑問請教老師，老師說：教育還是需要的，但該是更完備的一種。某些大學生以至政治家的不良表現，說明了教育有欠缺之處，而不是教育的無用。

# 之外

上課時，有學生舉手提問，是一個很不錯的問題，不少同學都表示出注意的神情。

老師聽了問題之後，做了一個不耐煩的手勢，說：「這在課程之外！」

提問的同學沒趣地坐下了，其他的同學大部分立即對這個問題失去了興趣，卻有幾個暗笑提問者的「無知」。

課程之內的要學，課程之外的不必學，在許多學校裏，在許多師生間，成為天經地義、理所當然的一回事。

學生像金魚缸裏的魚，他們泅泳的範圍就是那麼狹隘的一小塊。

把課程之內學習得滾瓜爛熟，對課程之外卻貧乏無知的學生，一旦離開學校，進入社會，立即發現自己所面對的，竟然大部分都在課程之外，他們那時才對這樣的學習感到懷疑，但已經遲了。

# 怕書

　　阿爾多士‧赫胥黎（就是那寫《天演論》的赫胥黎的孫兒），在他的幻想小說《美麗的新世界》（BRAVE NEW WORLD）中，描寫一未來的社會，其時人類在試管中孵育，並分為由上智至下愚五類。那中下等的專作一般勞工之用，他們不需要知識，不需要思想。

　　為了適應需要，嬰兒孵育出來之後，還要加以種種的訓練、改造。作者在書中描寫了一幕訓練和改造的過程：

　　在一個大房間裏，陳列出一排顏色鮮麗、圖畫吸引的書本，讓那些嬰孩爬過去把玩，但當他們把書拿到手時，爆炸聲、警鐘盤突然響起，跟着還放出電流，使孩子們受到電震的痛苦。這種做法使孩子們以後一看到書本就害怕，再不想讀書了——他們會安於做一些不用思想的工作，而且十分安分守己。

　　我們社會的孩子，不必經受這樣的虐待，甚至還有強迫教育強迫他們讀書呢！但不知道為了什麼，有許多孩子十分害怕看書；長大之後，更是從不會去摸一摸書本。是不是在學校中，有某種無形的可怕的東西存在呢？

# 曇花

　　新學期開始，大多數學生都有一份要求進步的心願。

　　就拿他們交出來的練習簿來說，新學期第一次練習總是比較整潔和用心做的；但日後只有少數人有進步，部分人能保持，而大多數卻是越做越馬虎，越來越不像樣。

　　學生這份普遍向好的心願實在是很短暫的，就像曇花一般，盛開之後就垂頭喪氣，一蹶不振。聰明的老師，如果掌握孩子們的心理，加以引導和鼓勵，那結果往往不是一兩個孩子的進步，而是全班形成一新的面貌。這機會真是稍縱即逝的。

　　我知道有不少老師，也像學生一樣，是帶着美好的願望，開始新學期的工作的。他們早已擬好了新的授課計劃，朝氣勃勃地面對他們新的或舊的學生。

　　但也有少數教師，對暑假戀戀不捨，開學前夕，還在四方城中作樂一番。開學第一天就睡眠不足，但見他呵欠連連，滿面倦容。他的態度很快就會感染學生，於是集體大打呵欠，此起彼伏。曇花未開就凋謝了。

# 精明

　　某老師很精明，接手做一班班主任之前，先向從前的班主任了解情況，又翻查每個學生的紀錄卡。

　　上第一課，這位班主任就如數家珍般，唱出某幾個問題學生的「黑底」：李某某，曾記大過一次，小過兩次；陳某某，五科不及格；張某某，差館留有案底。結論是：

　　「為師的已清楚你們的底，今後休想調皮搗蛋，否則絕不輕饒。」

　　另一位的做法，似乎更為穩重，他把問題學生逐個叫來見面，向他們警告一番，並且恩威並施，說如果他們肯自我收斂，老師自會對他們另眼相看。

　　還有一位則更為含蓄，他帶笑地對全班說：「你們每個人過去的表現怎樣，我都清清楚楚，不過既往不咎，大家好自為之吧。」

　　三位老師的做法雖然不同，但告訴學生「我已知道你們的底」這一點卻相同。當學生知道教師已清楚他們的底時，其反應不一定是有所忌憚，更有可能的是自暴自棄和把心一橫，精明的老師對此不可不知也。

# 批死

在學生成績表上寫評語是一種學問，這門學問的最重要一條是不要把學生批死。

尤其是小學生，個個好像「黃毛丫頭」，起碼有十八變，將來是龍是蟲，誰也不能預料。在成績表上把他們批死，對學生的心理有很壞的影響。

有位老師，也讀過幾本舊書，寫評語筆底絕不留情，我記得他給學生的評語有「朽木不可雕也」，「孺子不可教也」，「害羣之馬」，「頑劣異常，難以救藥」……這樣的評語，家長看了，心中當然不是滋味，說不定給孩子一頓好打。對孩子來說，也只是一種挫折，毫無指導性和鼓勵性。

用樸實具體的文字，指出學生的優缺點，給以鼓勵、勸勉、指導，才是寫評語的正確方法，批命式、洩憤式的評語都是不適宜的。

# 界線

　　有些教師認為師生間一定要保持適當距離，使學生知所敬畏，上課的時候肯守秩序，功課也不敢不交。如果沒有了這個距離，學生就會倚熟賣熟，平時固然跟教師勾肩搭背，甚至互叫花名，上課時也不把教師當做一回事，言笑無禁，弄得秩序大亂，使想聽書的也聽不到書。

　　有些教師卻認為師生關係越親密越好，這樣才能使學生把你當做自己人，有什麼心事時肯和你商量。

　　我是傾向於師生間要保持一定距離的，我和學生之間存在一條界，這條界是用「尊敬」造成的。我是他們的長輩，我帶領他們學習。他們要尊敬我，不但由於我的認真負責、誨人不倦，也表示對知識的尊重。他們要守學生的禮法——當然那只不過是學生起碼的禮貌，他們不能對我沒大沒小，更不能出言不遜。

　　我回應給他們的是真誠的愛護，不但傳授知識，也關懷他們的生活，注意他們的品格。

　　我們之間有界線，但這界線並不是隔膜，因此在有需要時，他們一定會把我當做可信賴的自己人，商討一切生活中的疑難的。

# 秘密

記得契訶夫的一則短篇小說，講一個孩子錯誤地相信了一個成人，把心中的秘密告訴了他。那人曾允諾不對任何人講，但轉眼間就把秘密公開了。大大的傷害了那孩子的心。

和學生關係比較好的教師，有時也會獲得學生的信任，告訴他一些家庭的或是感情上的秘密，希望獲得老師的指導和幫助。其中包括父親吸毒，母親改嫁，自己愛上了某同學之類的問題。

做教師的多數會答允為他們保守秘密，但在同事間卻往往有意無意地洩漏了出來。考其原因無非是想炫耀一下自己和學生的關係，結果他是負了學生所託。秘密流傳的結果，使學生處境更加困難，有時甚至因此要轉校、停學。

不論是有意的洩漏，還是無意的洩漏，都是有關職業道德的。至於以手段作特意的探取，然後再廣為傳播的做法，已是品格卑劣，不足以為人師的了。

# 哭

愛哭的孩子沒有一個老師會喜歡。低年級那些「喊包」，一點小事就哭得震天價響，即使真的有人欺負他，老師也懶得理。因為那眼淚鼻涕糊得一臉的花面貓樣子，令人看了討厭，而長久不歇的哭聲更妨礙授課的進行。

不肯哭的孩子卻同樣不能令老師喜歡。學生做了錯事，老師責罰他，就是想見到他流淚的樣子，表示責罰有效。如果被責的學生，麻木不仁，還擺出無所謂、老子不怕的姿態，那處罰就會加碼。

老師喜歡的是平日面帶微笑的孩子，那笑容像蘋果的香味，惹人好感。他們如果做了錯事，被老師責罵，只要眼圈兒一紅，撲簌簌掉下幾點眼淚（千萬別放聲大哭），老師的心就會立即軟化，不但不再責罵，說不定還會好言安慰幾句。

此所以學生犯了同樣的錯過，有的被罰得不亦樂乎，有的卻輕輕警告幾句就沒事了。阿濃為此湊成四句曰：不可不哭，不可大哭，老師心理，看誰會捉？

# 大罪

某生欠做一個數學練習。

教師痛斥十分鐘，歸納如下：

該生不珍惜自己前途，不肯努力學習，將來一定後悔莫及，這是對不起自己。

該生如此懶惰，辜負了父母的期望，令他們痛心，這是對不起雙親。

該生不聽師長的教導，白費了師長的心血，令師長心中難過，這是對不起師長。

該生不交功課，連累全班要聽師長的責罵，浪費大家的時間，這是對不起全班同學。

本校校長對這班期望很高，希望他日會考為校爭光。像該生這樣懶惰，一定不會有好成績，影響了校譽，這是對不起校長。

該校是津貼學校，每個學生都享受政府撥支款項，這是納稅人辛苦繳交的錢，該生不做功課，即是對不起全港的納稅人。

某生欠做一個數學練習，他的罪真大啊！

# 畏羞

　　畏羞的孩子是越來越少了，剩下的一兩個變得更為吃虧。

　　「誰願意參加演講比賽？」

　　「我！」回答的幾乎是全班，只有那一兩個畏羞的不敢出聲。

　　「誰願意做班長，為全班同學服務？」

　　「我！」舉起的又是如林的手臂，只剩一兩個——那畏羞的一兩個。

　　這個時代，機會要眼明手快才能把握，畏羞怯懦的人，只能以妒羨的眼光，看着別人獲得一次又一次的機會，去學習，去嘗試，去競爭。他們只是畏縮地站在人後，心裏雖然躍躍欲試，畏羞的性格卻使他們把心中強烈的願望壓抑下來。

　　畏羞的孩子也為自己的性格感到痛苦，畏羞像一個硬殼，使他們習於躲藏，卻又使他們感到束縛。他們想突破這個殼，卻往往拿不出勇氣來。

　　幫他們打開這個殼，是教師的責任。

# 克服

要幫孩子克服畏羞的毛病，不是鼓勵的空話，而是硬要他們去做一些面對眾人的事。

我自己曾經是一個極畏羞的孩子，只因為會講不太純正的國語，有一次被選做班際國語演講比賽的代表。

當我被別人選出時，我覺得這是世界末日到了。我窘得滿面通紅，卻連站起來推辭的勇氣也沒有。

我希望演講的那天會發生地震一類的奇變，不然就是我自己突然病了。總之，只要我能逃過站在眾人面前演講這樣可怕的事，我願意付出很高的代價。

可是我終於站在眾人面前，也終於把那篇演詞說完，還僥倖獲得季軍。

經過這一次之後，我的性格有了很大的改變，我的信心增加了，我敢於表達自己的意見了，我肯自告奮勇的去擔當一些工作了。甚至有同學對我說，他很羨慕我這種充滿信心，大方爽朗的態度。

真慶幸有那次被選做演講代表的機會。

# 當面改

派作文簿給學生，他們打開看過分數之後，就放到書包裏去了。教師的詳細批改，他們很少會看。有時看了，也不知道教師為什麼這樣改，所以得益不大，白費了教師的氣力。

也曾試過一種辦法，效果頗大，這方法就是「當面改」。

一般作文課是兩節連上，教師在出題和指導之後，學生開始作文，這時候教師可以把學生一個個叫出來，當着他的面改他上次的作文，一面改一面講解，告訴他為什麼要這樣刪，為什麼要這樣改。改完之後，告訴他全篇文章的優缺點，並且歡迎學生提出問題討論。

這樣的方法，學生不但得益，而且以後作文也會認真一些，因為怕作得馬虎和老師面對面時難為情。

當然，時間有限，每次最多改十本八本。教師可以輪替着做，每次大約留四分之一的本子當面改。經過四次作文之後，差不多全班都曾當面改過一次了。一個學期下來，每人起碼有兩次是當面改的。這對學生的幫助相當大，希望大家試一試。

# 嚼蠟

任何一種學習，最好能引起學生學習的興趣。中文教師都有這樣的經驗，如果課文內容精彩，能使學生感情上起共鳴，他們學習起來特別感興趣。

如果我們小學低年級的中文課本變得如英文課本那樣：

這是一枝筆。

這是一本書。

但求介紹句式，不講究內容的趣味和教育意義，學生學習時一定味同嚼蠟，失去誦讀的趣味。

好的中文教科書，即使在小學低年級，也應以有限的字彙，組織成有內容、有教益的美麗文字，使學生學習時既學了語文，也受到品德上、感情上的陶冶。

語文是一種工具，但不是普通的工具，而是表達人類情意的工具。如果不着重培養孩子高貴、美麗、健康的情操，他們即使能純熟地掌握這種工具，也不過等於掌握了數學運算法則。這是對語文作用的低貶。

# 包袱

下課鐘響了，學生紛紛把作文簿交出來。只有何至賢苦着臉走出來對我說：「老師，我還沒有作好，明天交可以嗎？」

這使我覺得奇怪，平常他是最早交簿的學生之一，最近兩次的成績特別好，我把他的作文貼在佈告板上給大家欣賞，為什麼今天別人都寫好了，他卻不能完成呢？

我叫他把作文拿出來給我看看。

原來他才寫了三四行，而且改了又改，顯得很沒有信心。

忽然，我明白了其中原因。是我上兩次的稱讚，給了他精神上的負擔。試過一連兩次「貼堂」，他就希望第三篇也一樣能寫好，對自己要求過高，成了心理上的包袱，結果竟然無法把作文完成。

我笑着對他說：「李白和杜甫也不是每首詩都寫得好，你不必太緊張。」

一向以為稱讚可以推動學生進步，想不到這次稱讚卻成為孩子的包袱，今後可要小心處理呀。

# 「信足先生」

記得讀中學時，老師教馮延己的《謁金門》詞，其中有兩句是：

「鬥鴨闌干獨倚，碧玉搔頭斜墜。」

老師把上句解作獨自倚在闌干上看鬥鴨，我卻認為「鬥鴨闌干」只是闌干的名稱，詞中的人物並沒有真的在那裏鬥鴨或觀賞鬥鴨，這和下句的「碧玉搔頭」相對應，只是一件東西，而並不包括某種行動在內。當時年少氣盛，和老師頗辯論了一番。回家翻查辭海，得知《三國志·陸遜傳》載有：「時建昌侯慮於堂前作鬥鴨闌，頗施小巧。」確定有「鬥鴨闌干」這種東西，我更相信是老師錯了。

現在的中五課文《中山狼傳》，其中有一句是「信足先生」，本來的意思是「把腳伸向先生，任他綑綁」；「信」是「伸」的意思。卻有教師沒有細看書後的註釋，自己解做「完全相信先生的話」，而學生也「信到十足」，以為真是這樣解釋。

我為人師表多年，知道教錯學生的事並不罕見，但願學生不要「信足先生」，要多用自己的頭腦去思考判斷。

# 不易「走樣」

　　新認識一對夫婦，他們有一個三歲半的孩子。每逢周末假日，他們就帶孩子到公園散步，到海邊呼吸新鮮空氣，有時到兒童圖書館看書，有時去欣賞兒童藝術活動。即使天氣不好要呆在家裏，他們也和孩子一同看書，聽兒童音樂，繪畫，做小手工……。

　　孩子的爸爸告訴我，這是對孩子未來生活方式的一種培養。如果他們自小就習慣了這樣的生活方式，長大之後，就不容易「走樣」。這種日積月累的潛移默化，遠勝於任何說教或管制。

　　我看到別的一些父母，他們也同樣是有教養的人，他們也知道自幼培養的重要，他們訓練孩子用英語對話，訓練孩子能迅速地心算，訓練他們作智能的習題，一切為了他們將來能夠出類拔萃，超人一等；對孩子的生活方式卻不大注意，假日無非是跟着父母飲茶、食餐、逛公司、到朋友家作客（甚至看着大人打牌）……

　　誰家的孩子長大後有豐富健康的精神生活，那是不問可知的了。

# 格格不入

一位朋友對我訴苦說，他很注意培養孩子的高尚趣味和情操，可是孩子總是格格不入，不感興趣，卻對一些粗俗鄙陋的東西愛不釋手，十分投入。他不明白為什麼會這樣，也不知道該怎麼辦。

其實陽春白雪和下里巴人的矛盾自古已然，大概除了其間有欣賞和學習的難易之分外，人類的天性似乎偏於負面較多。因此學好難，學壞易。現在會下圍棋的青少年有多少？會打麻雀的卻多得很。學習別國語言，雖然多年仍詞不達意，但用外國話罵粗口，卻往往字正腔圓。

情操和趣味又往往受環境影響，孩子的同學、鄰居，在街上所見的人羣，傳媒帶給他們的信息，都不斷使他們受到薰染同化。只要看看我們的大環境，流行的是什麼樣的風氣，什麼樣的趣味，對孩子「不爭氣」的表現就不會奇怪。

改變的方法是先從家庭做起，讓你的家庭中充滿文化氣息、藝術趣味，至少讓孩子在家裏吸取一些有益的養分。假日多帶孩子去參加一些文化、藝術活動，看畫展、聽音樂、看兒童劇。就他們的性之所近，那怕稍帶

119

勉強的去學習一些陶冶性情的學問，彈琴也好，寫畫也好，下棋也好，打球也好，堅持下去。到他們長大了，不但你可以看到，他們自己也會覺得，他們的確從其中獲益不少——而最大的益處是，他們的生命比一般人豐富得多。

# 嘴裏和心裏

今天我問小兒子：「你長大了想做什麼？」

他眉頭一皺，不耐煩的説：「問了一次又一次，你真沒記性！」

是的，我記起來了，他曾經不止一次告訴我，他大了要做木匠。

我也曾問他：「為什麼要做木匠？」

他説：「你看我們家裏的東西，門呀、櫃呀、牀呀、桌呀、椅呀，那一樣不是木匠做的？木匠的本領真大，而且我喜歡這種工作。」

他的理由很正大，我嘴裏不得不表示贊成。我説：「好呀，中國有個魯班師傅，是木匠的祖師爺，本領才大哩！你大了也要做個心靈手巧的木匠師傅。」

可是我的心裏説：「這孩子，真沒有大志，人家大了要做醫生、律師、科學家、工程師，他卻説要做木匠！」

不過我自認是個思想開通的知識分子，又是做教育這一行的，我承認職業無分貴賤，我也真正尊重各種階層的人，我知道我心裏所想是錯誤的，在這一點上，小兒子比我正確。可是我還是一次又一次，忘記了小兒子

莊嚴的宣告。

　　不是我記性不好，説到底我還未能真正接納他的選擇。

# 悔之已晚

兩小兒兄弟間常有爭執，也不過是一些雞毛蒜皮的小事，卻也爭得拳腳相向，涕淚交流，好不煩煞人也！

據他們呶呶不休所言，所爭者為公道。一人輪一次洗碗，偏偏有碗多碗少之差；一人吃一枚芒果，適巧有果大果小之分。即使看一張照片，也會為先看後看而大吵大鬧。

阿濃平日對人溫柔敦厚，但每逢見他們「兄弟鬩於牆」，便怒從心上起，惡向膽邊生，他們爭什麼我就摧毀什麼，務使他們兩敗俱傷，一拍兩散。至今為止，被我毀掉的物件包括各式玩具、模型，以至單車等等。可是他們並不引以為戒，相爭依然。

檢討自己教育兒女失敗的原因，乃由於權利義務、事無大小，都力求公平分擔、分享。而天下事並無絕對的公平，爭執便由此起。

正確的教育方法應該是培養他們不計較的精神，做多做少，吃多吃少，玩多玩少，都無所謂。家長絕不偏心，依情勢而處事，這次你略佔便宜，下次他比較幸運，不必眼紅妒忌，也毋需委屈氣憤。可是阿濃既已失策，如今悔之晚矣！

# 善言不滅

「物質不滅」，老師可以用化學實驗證明給學生看。

「善言不滅」，我無法實驗證明給別人看。

許多老師歎息，對孩子善言教導是白費唇舌，講了等於沒有講。「言者諄諄，聽者藐藐」、「左耳入，右耳出」，就如同講給空氣聽一般，教師發出來的聲音，是完全隨風吹散了。

可是我有不同的經驗，那是和一些舊學生相聚時，他們有人會忽然對我說：「有一次你告訴我們……。」這些話是我完全忘記了的，可是他記得。記憶之門一打開，他們你一句、我一句，舉出了許多。有些連我自己聽起來也覺新鮮，懷疑究竟是不是我說的。可是他們互相證明，說的確是我曾經如此講過。他們之中，有的做了教師，會以同樣的說話告訴他們的學生；有的做了父母，也會以同樣的說話教育兒女。

因此我肯定了一點：善言也是不滅的。它們像種子一樣，散播出去時不一定立即發芽，但到環境適宜時，就會萌發生長，而且產生新的種子，不斷傳播下去，直到永遠。

# 懷才不遇

　　三國時的龐士元先生，曾做耒陽的地方官，整天睡懶覺，不理政事，被人投訴。上面派人去調查，他卻在調查大員的面前露了一手，把積壓多時的案件和公事，在很短的時間裏審理得清清楚楚，妥妥當當。

　　魯肅說他「非百里才」，認為放他在一個小地方是委屈了他；諸葛亮也有同感，結果龐先生獲得較佳的政治待遇，頗能一展所長。

　　對於龐先生這種懷才不遇的「拚懶」態度，阿濃絕不欣賞。如果你嫌官小，最好拒絕去做；既然答應做了，就得盡責。因為百姓的事，在官老爺眼中可能認為不重要，對百姓來說，卻可能是有關生計甚至性命攸關的，怎容你憑自己的情緒隨便躭誤？一個能力不夠的人，躭誤了百姓的事還情有可原，能力足夠而不去做，那是對人民疾苦的一種麻木表現。

　　教育界也有不少自以為或真正懷才不遇的朋友，希望他們不要學龐先生那樣以懶來抗議。一則香港沒有「露一手」的機會，二則良心上總要對得住學生也。

# 殺手

坐冷氣車過隧道，把清涼留給自己，將炎熱驅給他人，你這樣，他也這樣，結果隧道變成一個火爐般的熱地獄。人的自私自利，積聚起來，往往造成很壞的結果，這只是一個小小的例子。

內地因亂斬林木，造成嚴重水災；全球性的環境污染，使包括人類在內的生物，健康大受損害，是更嚴重的結果。

所以損人利己的事，不論大小，都該受到譴責。

有教師在改會考試卷時，給分奇嚴，千方百計的要扣考生的分數。查其居心，原來他認為壓低別校學生的成績，無形中就抬高自己學校考生的成績。其實一個人改的試卷有限，改後還要經考試局複核、調整，他壓低人家分數所「益」於自己的可說微乎其微，這樣做實在屬於愚蠢的行為。

但我恐怕他「益」於己的雖少，「損」於人的卻不一定少，那「唔夠運」的考生碰在他們手上，說不定就此死不瞑目。所以阿濃希望考試當局，一旦發現此類「殺手」，第二年就不要給機會他們繼續肆虐了。

# 深得我心

偶然得見葉聖陶先生的兩句題詞：

得失塞翁馬，

襟懷孺子牛。

覺得非常喜歡，準備抄下來壓在案頭玻璃下面。

葉先生飽歷滄桑，以八十七歲的高齡，仍孜孜不倦地為教育工作盡力。在報刊上常看到他寫的文章，那都是寶貴經驗的結晶，是如此切中時弊，如此飽含熱情，令人既敬且佩。這兩句話的確是他心境的寫照，說明一個老教育家對個人的得失已不再介懷，他關心的只是下一代的健康成長，仍然願意像老牛一般為他們鞠躬盡瘁。

阿濃教了三十年的書，自問對得起每一個被我教過的學生，也算是一頭盡責的老牛。即使他日退休，也決不放棄教育下一代的工作；只要我肯盡力，不愁沒有耕耘的地方。說到個人的得失，在別人眼中看來，我是太「執輸」了，我自己卻覺得上天待我至厚，有時甚至默禱致謝。我是如此的喜歡葉老先生這兩句話，就因為它是如此的深得我心吧。

# 大怒

在一次班主任工作的討論會上，有人問教師對着學生勃然大怒，甚至拍檯拍凳，會不會給學生以不良印象？

我的看法是教師有權發怒，包括勃然大怒，拍案大罵在內。

教師是有血有肉有情感的人，在學生面前，他們一樣有權笑，有權發怒。

發怒可以充分表現出你的感情，你的性格，你對某一類事件的看法。使學生知道某些事情的嚴重性。

可是有權勃然大怒不等於隨時隨地亂發脾氣。

首先你要怒得有理，這件事的確嚴重，的確令人生氣。

其次你要仍然能夠控制自己，不說出無理性的話來，也不致去傷害學生的身體。

最後記着發怒不是為求發洩，而是處理問題的第一步。你的大怒是對全體學生的一次警告和教育，使他們留下深刻的印象，今後不敢輕易再犯。對於整件事，還需要你進一步作冷靜理智的處理。

# 爽朗

在學校佈告板上看到一個女學生參加朗誦比賽的成績，她獲得該項節目的亞軍，評判黎覺奔先生寫了好幾句讚美的評語，也提出了一些改進的意見。

在走廊上剛好碰見這個女孩子，我說：「恭喜呀！什麼時候朗誦給我聽聽！」

她高興而不好意思地說：「你別笑我呀！」

第二天早上，我一回到學校，又看到了她，我們互道早安之後，她忽然說：「你不是要我朗誦給你聽嗎？現在好不好？」

多出乎我的意料呀！我昨天這樣說，多少帶點說笑的性質，根本不指望她會真的朗誦給我聽。因為以我過去的經驗，即使最頑皮、最大膽的男學生，要他們作這樣的表演，也常常推三推四，忸忸怩怩，而她，卻毫不為難地來了。

清亮甜美的聲音在教員室裏迴響着，咬字清楚，感情充沛，我給以熱烈的鼓掌。我的掌聲一方面因為她的確誦得好，但更多的是對她這種大方爽朗的態度的欣賞。

# 布里丹的驢子

讀《愛因斯坦傳》，有一條「布里丹的驢子」的註解：

「布里丹（John Buridan）是十四世紀法國唯名論哲學家，認為意志是環境決定的。反對他的人提出這樣一個例證來反駁他：假定一隻驢子站在兩堆大小一樣、距離相等的乾草之間，如果他沒有自由選擇的意志，就不能決定該吃哪一堆乾草，結果就會餓死在這兩堆乾草之間。後人就把這個論證叫做『布里丹的驢子』。」

愛因斯坦說自己對於有無數分科的數學，像布里丹的驢子那般，不知選擇哪一樣進行研究好，因為自己在數學領域上直覺能力不夠強。而在物理學方面，他很快就嗅出了什麼能引導至最根本的問題，而可以把其他一切拋開。

香港的學生，似乎沒有布里丹驢子的難題。他們不是由於對某一科的直覺能力特別強，而是自小他們就受到一種訓練，知道學習什麼最容易賺到很多的錢，在達不到目的時，他們就退而求其次，然後再求其次，那標準是簡單明瞭、乾淨利落的。

他們是聰明的布里丹驢子，一眼就看出哪一束乾草最大，而且距離自己較近。

# 好好睇睇

中五、中七的學生，試已考過，榜還未放，假如性情樂觀，不為成績患得患失，正過着一段快樂逍遙的日子。

今天見他們回校領取離校證書，拿在手上多是笑嘻嘻的，向他們討來看看，原來上面的評語，讚美的多，批評的少，即使那些品學都不如人意的學生，老師也盡量發掘他們的優點加以褒揚，即使有所批評，也很婉轉。大概這張證書，頗影響一個人的前途，班主任手下留情，總要寫得「好好睇睇」。

一個學生説：「將我寫得這麼好，連我自己也不相信，我真有這許多優點嗎？」

我説：「假如你覺得自己並不是真的這樣好，那麼快些努力一下，早日達到老師讚許的地步，那就名實相符了。」

其實離校證書除了作為一種證明文件之外，如果能起到鼓勵和勵勉的作用，實在是一件好事。無數的例子告訴我們：你把一個學生當好孩子，他就真的好給你看；你把一個學生當壞孩子，他就壞得比你所説的還要壞。

# 壓力

莫德光老師在一份校報的專欄中說：

提到壓力，使人想起那些大慈大悲的輿論家口口聲聲說學校「給學生的壓力太大了」。但也許就是同一位輿論家吧，一談到青年問題時又搖頭太息說：「現代的青年太缺乏責任感了。」叫人費解的是：從不面對壓力，責任感從何而來？

莫老師又說：

所以真正的教育者，便知道與其姑息兒童而呼籲「減少壓力」或「消除壓力」，何若適度地培養他們的負荷力？

阿濃覺得莫老師所說的「適度」二字要拿來強調一下，否則要體重四十公斤的孩子去舉四百公斤的重擔，這孩子想不被壓死，就得想法逃避。

如今滿街都是對功課放棄逃避的青少年，苦悶的結果，往往借端生事，以求發洩，表現出對社會和自己的行為都極端不負責任的態度。

所以壓力固可使人產生責任感，壓力也可以使人逃避責任。

問題是目前香港的教育制度，給學生的壓力是太大、太小、還是適中？

# 深水魚

筆者數年前在「新教育」雜誌寫過一篇談學校壓力的短文，說及有些學生因為抵受壓力慣了，產生一種「深水魚」心理，他們不但不以壓力為苦，還會因壓力減輕而不慣。

莫德光老師也說：「游泳潛水也須承受強大的壓力，接受慣了，也就不覺其為壓力了。」莫老師還說：「現代的體育競技，非壓迫訓練不為功，體育可以，為什麼其他四育不可以？」

不過做「深水魚」也要付出一定的代價，據說由於環境的特殊，那裏的魚視覺多數退化，有些甚至差不多全盲。經常接受強大功課壓力的學生，除了生理的視力受損外，對社會、對人生也會產生「短視」，因此未必如莫老師所想的他們會接受那天降的大任。

一些樹木在巨石的壓迫下，仍然能曲折地生長，表現出生命的韌力，使人敬佩；可是她們總難長得高大挺拔，像那些自由成長的巨木。因此他們的用途也就受到了限制。

我們從事教育工作的，究竟想我們的下一代，怎樣地成長，是一個值得仔細考慮的問題。

# 歡喜和同情

看到人家的兒女，會考成績優異，或九Ａ，或八Ａ，被稱為會考狀元，名字和相片登在報紙上，又在電視上亮相，你的感想如何？羨慕？妒忌？

我卻是百分之一百的為他們高興，為他們的父母高興。

我自己有兒女四名，其中有兩個已過了會考關，我知道這樣良好的成績絕非倖致。老師得法的教導，同學間的互相切磋，學生本身的努力，再加上一定的天分，才湊合成這樣難得的成績。作為一名教師，作為一個父親，我明白其間的甘苦，所以我是這樣真誠地為他們歡喜，希望他們繼續努力，將來對社會有大的建樹。

可是對於這次考試中的失敗者，我也寄予最深切的同情，因為不是每個人生下來都是讀書種子，也不是每個人都有一個關心子女教育的家庭，更不是每個人都能進入好學校，遇上好教師，還要加上好運氣，碰到適合自己的題目。

會考放榜那天的街頭，有很多惶惶然的臉孔，搶搭「的士」，到處報名，想找一間學校許他們繼續學業。他們心中的失望和徬徨我完全理解，我只恨沒有辦法去安慰他們之中的每一個，可憐的孩子，祝你們好運！

# 感動

學校圖書館主任正在工作時，一個學生來見他。

「老師，真對不起……」

「什麼事？」

「幾年前，我拿了學校的幾本書回家……」

「？」

「那時我年少無知，一時貪心，現在我知道錯了。」
說着他從一個膠袋裏拿出幾本書來。

這位圖書館主任事後對我說，當時他真的很感動。

他看到教育（不一定是學校教育）在這個青年人身
上起的作用。

他想到這個青年人來見他之前，一定經過痛苦的自
我鬥爭，但結果他還是勇敢的來了。

這青年在認識到自己的錯誤之後，可以決定以後不
再做同樣的事，那已經很不錯了。

這青年可以靜靜地把書送回來，不必露面，也已經
可以獲得內心的平安。

但這位青年還是面對面的交代了自己的錯誤，改正
了自己的錯誤。他既勇敢，又聰明，因為這樣一來，他
是清楚明白地和過去的錯誤決絕了。

# 一語解頤

好的笑話除了能收提神醒腦之效外，還要使學生笑過之後，獲得多少教益。

粗鄙的、以身體缺陷作為笑話材料的都不可取。

堂上說的笑話，今勝於古，因為古代笑話可能已有一些學生聽過；短好過長，因為免得妨礙正課。教師如有一語解頤的功力，那是最好不過。

在你說笑話之前，不要告訴學生說：「我說個笑話你們聽。」免得他們期望過高。說的時候，不要自己先笑得說不出話來，結果你笑得要死，學生卻毫無反應，那倒真的成為「笑話」了。

對笑話的領略程度，隨學生年級高下而有分別，低年級的，要意思明白顯豁；高年級的，就不妨讓他們咀嚼一下，才為之莞爾。

說的時候一定要清楚明白，把笑的高潮放在最後，在全體哄堂的情況下結束。如果一些人笑了，另一些人卻聽不清楚，猛問：「乜嘢話？」那就不夠理想，因為再好的笑話，如果再次複述，也會變得乏味的。

# 周記訴心聲

不少學校要求學生做周記，可是學生往往敷衍塞責，教師徒然浪費批閱時間。

叫學生寫周記的目的當然可以有好幾個，但我認為最主要的還是讓學生在周記中訴心聲。

教師不必要求學生寫得詞藻華麗，字體端秀，卻要他們寫得真誠，寫得坦率。

他們對學校的意見，對教師的要求，對家庭的感受，對人生的看法，學習上的困難，生活中的苦惱，健康上的疑難，都可以通過周記向老師反映。

做老師的在處理周記時，一要保密，不把學生的秘密公開宣揚；二要關懷，協助他們解決苦惱和困難；三要負責，把學生反映出來的問題，深入了解，並作出處理；四要有量，即使學生對自己提出不公道甚至不遜的意見，也要有度量去接受並檢討。經過較長時間的考驗，學生就會信賴周記這種形式，真誠地在上面傾吐心裏話了。

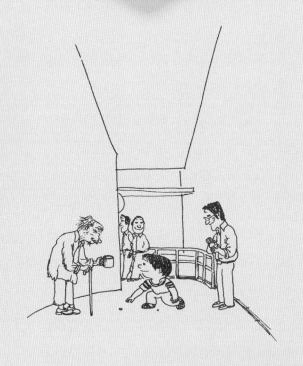

生活篇

濃情話：「孩子呀，這並不是施捨，這也不是買賣，
　　　　這是交換。你拿出去的是珍貴的同情，換
　　　　回來的是滿懷的歡悅。」

# 有用

我家附近常見一身材特矮的男子，搬運汽車輪胎，他左右手各拿一個在地上推着走，來去自如。由於他生得矮，兩手的高度剛好和車輪胎的高度配合，不像普通人那樣，要彎着腰來推。每次見到他熟練地推着車輪胎走過時，李白的一句詩就在我腦海中出現：「天生我材必有用！」

不知從什麼時候開始，考試成為判斷一個孩子「有用」還是「無用」的標準。

「這孩子冇用，考兩次會考都不及格！」

「這學生冇用，會考一定肥佬！」

多無情的判斷，常出自父母和師長之口。

於是少年們也以此作為標準，來衡量自己是否有用。當他們成為考試的失敗者時，他們開始對自己的生存價值懷疑。那留戀生命的還會向撒瑪利亞會求助，那徹底失望的，就索性把自己的生命了結。

老師們，請帶引學生認識生命的真義，不要把他們逼死在新科舉的框框裏。

# 兩眼

比目魚要躺在海底的泥沙上生活，本來分在兩邊的眼睛就要搬家，在下面的那隻眼，要搬到上面來，和上面的那隻眼排排坐。

河馬的眼睛生到額頭頂去了，牠不是看不起人，不過想身體浸在水裏時，只露出小小頭部，就可以看到水面的情形罷了。

據說動物的眼，有的分居兩側，有的一同向前。那分居兩側的一般是弱者，如鹿、兔之類，牠們一面覓食，一面要留意四周情況，看有沒有敵人出現，眼睛分居兩側，自然比較方便。那一同向前的一般是強者，如獅、虎之類，牠們不必對環境作過分的戒懼，兩眼集中向前，追尋牠們的獵物就是了。

照此看來，我們人類當然也是強者。

不過我看到馬路邊非法擺賣的小販，要把頭不停的擺動，留意兩邊有沒有警察走來。我想，他的眼睛如果分在兩側會方便得多。而每當我在交通繁忙的地方過馬路時，我也深感自己是一個弱者，最好有一對分居兩側的眼。至於我們做教師的，兩眼最好一前一後，寫黑板時小猴子們就不敢作怪了。

# 紀律

公務員之中，有紀律性部門與非紀律性部門之分，調整待遇亦有分別。

朋友說：我們教書這一行，除了不用穿制服之外，才真夠紀律性哩！

阿濃欲聞其詳，朋友說：

每天準時上課，一分鐘也不容遲到，未到放學時間，絕不能離開崗位。此其一也。（即使放了學，也常要留在學校繼續工作，這點且不說它。）

雖然不用穿着制服，但衣着須端莊整潔，為學生之表率。此其二也。

言行舉止，均需合乎規矩，即使在盛怒之下，亦要善自克制，不容粗話出諸口中，更不容爭吵鬥毆。此其三也。

工餘之暇，個人消遣，如在公眾場合，亦須自重身分，否則看在學生眼中（他們無所不在），將會造成種種不良影響。此其四也。

教師之一言一行，雖無明文紀律規定，但無不受最嚴厲之無形紀律所規範。朋友這番話，阿濃絕對同意。

# 設計

街頭見小販賣燈籠，款式頗別緻，打開為半圓形，左右相扣則為圓形。詢以售價，僅元半，正擬購買數枚，忽然發覺燈籠上下均無通氣孔。我問小販，點上蠟燭後會不會熄滅，或把燈籠燃着？小販支吾以對，說燈籠為裝飾物，不一定要點燃蠟燭的。我打消了購買的念頭，其他圍觀者也走散了。看來這批燈籠由於設計上的錯誤，成了廢品，只好拿到街上來欺那些粗心大意的人了。

某公司購物滿若干元，即贈玻璃水杯一隻。我為孩子買雙層木牀，獲贈水杯成打。但隨即發覺此種水杯底部稍粗於口部，不能互相套疊，用完拿去洗濯時，很不方便，結果只好收起來不用。這又是設計上的錯誤。

商品設計已成專門學問，不好好學習研究，自以為是的去亂設計，就一定會出廢品。

燈籠和水杯是小事，如果社會國家大事，也讓一些自以為天生睿智、無所不知、無所不能的英雄豪傑來瞎搞，那時弄出來的廢品——包括人在內，才令人痛心呢！

# 番薯

　　寒風中，烤番薯的香味特別誘人。不過，烤得恰到好處的番薯並不常常吃到。往往是外面焦黑，中心部分還未熟。

　　每次聞到烤番薯的香味，兒時的往事就襲上心頭。在我鄉間，煮飯是燒麥草的。冬天，飯煮熟後，灶裏的灰還很熱，母親就放一個番薯到灶膛的灰裏。到我晚上放學回家時，把番薯從灶灰裏揀出來。整個番薯已烤熟了，又香又軟，那裂開皮的地方還流着糖汁。趁熱拿在冰冷的小手裏，又暖又好吃，那滋味至今未忘。

　　也曾在旅行燒烤之後，拿番薯用濕報紙包着，放在炭火裏烤，結果總是半生半熟。不過我仍是十分捧場。我喜歡在那陣香味中，重溫童年的舊夢。

　　我也常在街上買些烤番薯回家給孩子們吃。在他們吃得津津有味時，我就忍不住說：「我小時在鄉下吃的，比這要好吃得多呢！」

# 盂蘭

附近的空地搭起了棚，原來又是盂蘭節了。

如果不是事忙錯過了，我總會帶孩子們到「法會」場中見識見識。

如果以為這會影響孩子迷信，那是你對孩子太沒有信心。這頗帶原始風味的民間習俗，帶給孩子的是一種奇幻的感覺，而不是要他們相信什麼，崇拜什麼。

在這十里洋場，帶鄉土風味的東西越來越少，連木屐和黑雲紗衫褲也幾乎絕跡了，新年的揮春也漸漸失去了原來的面貌。想看看當地的民俗，盂蘭勝會該是一年一度難得的機會。

看看那面目猙獰的鬼王，聽聽那抑揚頓挫的梵唱，香煙繚繞中看善男信女頂禮膜拜……這樣的場景，是作文的材料，是繪畫的材料，也能給予音樂的靈感、哲學的感悟……

還有木偶戲呢，潮州戲呢，粵劇呢，簡直就是一個小型的民間藝術節。

# 小傢伙

在許多公開性的遊藝活動中,都會出現一批活躍得令人討厭的小傢伙。

他們到場比人早,而且不到散場絕不離開,因為他們有的是時間。

他們絕不需要父母陪同,因為父母要為生活奔波,根本就不會陪他們玩。

他們衣着隨便,踢着對污穢的拖鞋,汗衫短褲,夾雜在穿着整齊的嬌兒寵女之間。

他們樣樣都要玩,而且本領高強,常常得獎。

他們樣樣都要吃,只要拿得到手,就往嘴裏塞,絕不客氣,也不知什麼叫做斯文。

他們樣樣都要拿,哪怕是與他們毫無關係的宣傳品,他們一拿也是一大疊,情願一離場就丟掉。

他們目光銳利,行動敏捷,沒有顧忌,使我想起沒有人養的野狗,這些特點都是在生活中鍛煉培養出來的。

他們是有點討厭,但他們更值得關心,因為生活對他們並不公平。

# 另外一羣

復活節假期，仍是掃墓的日子。

在許多孩子逛公司、看電影、吃大餐的假日裏，另外一羣孩子卻在墓地裏打轉。

他們拿着毛筆、漆油和除草的鐮刀，跟在掃墓者的後面，要求以小小的服務，換取幾塊錢。

並不是每個掃墓者都願意接受他們的服務，那拒絕的聲調和拒絕一個乞丐並沒有什麼分別。

競爭是劇烈的，那弱小者只能在強者應接不暇時，才能獲得機會。

雖說是本錢極小的生意，但賺錢絕不容易，首先得上高落低，一天幾十個來回；別以為斬草簡單，請留意他們向你拿錢的小手，早已割痕斑斑，血跡和紅漆油混在一起，那都是野草鋒利的葉邊割開的。

這是多雨的季節，孝子賢孫們撐着雨傘拜祭時，他們卻沐浴在春雨裏，不時用手臂抹一抹額頭，不知抹的是雨水還是汗水。

# 羨慕

　　暑假過去了。

　　我羨慕幾個女孩子，足跡遠達內蒙古，英姿爽颯地騎在駱駝上拍照。

　　我羨慕幾個男孩子，到一個人跡罕至的小島露營，把皮膚曬得古銅一般。

　　我羨慕幾位女士學會了多種手藝，從絲帶花到整圍酒席的做法，都頭頭是道。

　　我羨慕一位老行家，把他豐富的學養和經驗，用來編寫教材，一個暑假完成了基本工作。

　　我羨慕一對父母，利用這個暑假，着意鍛煉健康不大好的孩子的身體，陪他們到大自然去親近陽光和海水。孩子變得黑黑實實，他們自己也黑黑實實。

　　我羨慕一位準新郎，一個暑假為未來的小天地親手完成了全屋傢具，做得樸素而又清新，所花的錢更是經濟得令人難以相信。

　　阿濃什麼地方都沒有去，什麼本領也沒有學。可是逢人（除行家外）都對我說：「真羨慕你！」我問：「羨慕什麼？」他們說：「羨慕你有這麼長的一個暑假！」

# 義工

一羣居於宿舍的弱智女子，喜愛唱歌和渴望結交朋友，你願意在星期日推行一些康樂活動與他們歡度一個上午嗎？

傷殘少女因腿部受傷，需要接受物理治療，你願意協助她往返嗎？

一名與家人相處不甚理想的老婦，非常喜愛與老人傾談，希望你能探訪她並和她閒談，藉此消除她的孤單和寂寞。

一名患有腦痙攣的男童因父母遠在英國，只與祖母在港相依為命。他剛由醫院轉送到兒童院接受物理治療。你願意護送他回家與其祖母歡度周末嗎？

以上抄自義務工作協會第五十八期快訊，限於篇幅，我只抄了其中四則。

我不知道徵求義工的結果如何，但我相信一定有可敬的熱心人士，他們多是可愛的青年，肯犧牲自己餘暇休息的時間，用他們的愛心，去減輕別人的痛苦、煩惱，把溫暖帶給不幸的人。

我對人類的未來始終保持樂觀，就因為在人與人之間，有這種偉大的愛和同情存在。

# 認錯

看日本電視片集,每見日本人做錯了事,就屈膝跪下向對方認錯,覺得很是難得。

中國人愛面子,即使發覺自己錯了,通常也羞於開口承認,更不要説向對方下跪,請求寬恕了。

廉頗負荊請罪的大丈夫行為,想不到在日本比在中國更容易見到。

中國人平輩之間的道歉還比較容易,長輩向幼輩承認錯誤,那真是絕無僅有的事。

家庭之中,父母做錯了事,從來想不到要向兒女道歉;學校裏,老師做錯了事,卻總要支支吾吾解釋一番,多不肯爽爽快快向學生説一句:「我錯了。」

成人的態度影響了下一代,使他們也不懂得光明磊落地承認錯誤。為了保全面子,一味文過飾非,在錯誤無法掩飾時甚且老羞成怒,做出更蠢的事來。

讓我們也學習一下,肯説一句:「對不起,我錯了。」或是:「我錯了,請多多原諒!」

# 惜物

到酒店吃自助餐是一項「兒童不宜」的節目，雖然孩子們會很喜歡。

這是一種浪費式的進餐。錢的浪費問題不大，因為是定額消費，用多少錢有一定的限度。我不喜歡的是物的浪費。

根據我的觀察，一頓自助餐，吃進肚裏的食物最多佔三分二，浪費掉的起碼有三分一。

尤其是孩子，他們不懂得選擇食物，選了許多不喜歡吃的東西，就留在碟子裏，讓伙計拿去倒掉。孩子們又多數眼闊肚窄，揀了一大碟，結果吃不下，又要讓伙計拿去倒掉。

孩子們很懂得自助餐的特點，就是不必惜物，因為所付的錢是一個固定數目，食物越拿得多越着數——不必考慮是否吃得下。

朱柏廬的治家格言有很多陳腐之見，但下面的兩句卻是值得教導兒孫的：

一粥一飯，當思來處不易；

半絲半縷，恆念物力維艱。

# 說話

在電視機前聽名人接受訪問，往往心裏煩得要死。

名人的學識、才幹是無須懷疑的，他們可能有不少著作，他們可能在事業上很成功，但是想不到他們的言語表達能力卻是這樣差。

他們期期艾艾的，話兒到了唇邊，卻總是說不出來，讓你替他着急。

他們有無數的口頭禪和累贅話夾雜在說話中。不是「即係、即係」，就是「呢吓、呢吓」，聽得你搖頭歎息。

他們全無條理，東拉西扯。無關重要的說了又說，關鍵所在卻總不到題。

他們的發音拖泥帶水，含糊不清，多數有濃厚的鄉音。

他們連別人的問話也拿不到重點，往往答非所問，語無倫次。

反觀年青一代（名人年青的不多），多數伶牙俐齒，能言善道，平均比上一代善於說話多了。

我想：這可能是教育的進步。上一代的教育主要是先生講，學生聽；這一代的教育，學生有了更多發表的機會。

# 夜讀

若干年前，與某君同室而居。也不知道當時他參加什麼考試，只是深夜醒來，聽到他在搪瓷面盆裏洗臉。大概他想用冷水清醒一下昏昏的腦袋和迷糊的倦眼。一夜之間，我要被他洗臉的聲音弄醒好幾次。

六、七年前，一到考試季節，對街騎樓上就會亮起一盞檯燈，有時到快將天亮才熄。一個女孩子差不多整宵不眠，在那裏讀書。我不知道她第二天要不要參加考試，如果要的話，那麼一晚只睡三兩個鐘頭，精神支持得來嗎？

自己也嘗過夜讀的滋味，當萬籟俱寂時，精神的確比較集中，來騷擾的只是窗外飛來的小青蟲。

如果日間曾作小眠，夜讀時神清氣爽，最好不過；否則眼皮沉重，呵欠連連，不覺伏案睡去，說不定還會因此着涼，那就得不償失了。

# 友誼

在一本同學錄的最後一頁上看到一句歌詞：「生平良朋豈能相忘，友誼地久天長！」相信當時一班即將分手的同學，看到這句話，一定會受到或多或少的感動。

可是畢業之後，有的進了大學，有的去了外國，有的捱份牛工……隨着歲月推移，大家的地位、環境相距越來越遠，結果同階層的倒也有機會走在一起，稱兄道弟；那不同階層的，即使相逢，也成陌路。

考其原因，處於上層者怕處於下層者藉同學關係，有所請託；處於下層者或由於骨氣，或由於自卑，不想高攀，以免誤解。而且不同階層即使相聚，其氣氛亦難調協。

今日有不少活躍之同學會組織，多屬大學或中學之名校，同學畢業後，「發」的多，「霉」的少，此所以既可自置會所，又可盛筵聯歡也。「友誼地久天長」，看來是只能感動青少年的美麗字句。

# 費事

偶然發現學生看雜誌有一個特點，就是只看圖不看字。一本雜誌拿在手裏，一頁一頁的翻下去，很快就翻完了。

我問其中一個，為什麼只看圖片，不看文字？他的回答很乾脆：「費事！」

孩子老坐在電視機前，做父母的叫他們找些課外書看看。他們眼睛盯着熒光幕，身子動也不動，嘴裏卻來一句不遜的回答：「費事！」

現在的青少年，對文字的閱讀似乎越來越懶了。考其原因，大概還是拜電視之賜。

坐在電視機前，不必傷神，不必查字典，不必用腦，通過精心設計的畫面和聲音，把時事的、經濟的、文化的、娛樂的……各式各樣的內容，一一傳播給你，真是慳水慳力。

電視機是不容許它面前的觀眾細細思考的，一個畫面跟着一個畫面，一個節目跟着一個節目。每一個畫面和節目都要抓緊你的注意力而不理會你的思考力。

在電視機前養成習慣之後，自然只對「畫面」有興趣，而對「字面」冷淡了。

# 好壞

　　小孩子看戲，最心急的是弄清楚誰是好人、誰是壞人。弄清楚之後，就誠心誠意的支持好人，擁護好人。為好人的受害，壞人的得逞而憤憤不平；為好人的勝利，壞人的受制裁而興高采烈。小孩子的可愛也正在這裏。

　　可是現在的戲卻沒有這麼簡單了，許多人物好壞難分，做父母的再沒有辦法給孩子們一個了當的答案，只好教他們自己仔細分辨下去。可是有的戲即使你看到完場，也還不能下個定論。

　　這種情形對孩子的影響是好是壞呢？我覺得有好也有壞。

　　好的是可以教導他們看事物不要太簡單，要養成仔細觀察，細細思考的習慣；不好的是使孩子覺得是與非、錯與對似乎沒有絕對的標準，對真理的熱愛也就比較淡漠了。

# 後人

中國畫展覽場中，有齊白石後人畫的小雞，那題款上是明明白白題了「白石後人」的字樣的。另有一位署名為「李小可」的，聽一位觀眾說是李可染的兒子。是不是李可染的兒子我不知道，那畫面上的桂林山水卻十足是照着李可染的作品抄的。

「一代不如一代！」是我對這兩幅畫的感覺。這當然和火候、天分、努力分不開，或許假以時日再努力下去，那質素不至於相差如此之遠也說不定，但拿目前的表現來看，其成績是令人失望的。

如果我是有名氣的畫家，我一定不讓我的孩子只是學我的畫，我要他遍訪名師，吸納眾長，建立自己的風格；絕對不要為我的風格所囿，讓別人一看就知道是某人的弟子或後裔。

如果我是名畫家的子女，我一定力求擺脫那形貌和風格上的雷同，而努力自尋蹊徑。

有人慶幸自己是名家之後，時刻不忘沾先人的光；有人卻覺得名家之後是一個包袱，甚至妨礙了自己前進的腳步。看來後者比前者是更有志氣一些的。

# 不讓

生活篇

謙虛是美德，但過分的謙虛卻變成虛偽。

中國的家長——尤其是老一輩的，常常告誡子女，不要出風頭，不要顯本領，要大智若愚，免得人妒忌。但這樣訓練兒女的結果，卻往往造成了下一代懦弱、怕事、畏首畏尾的性格。

影響所及，我們常常見到，當大眾有事需要人擔當時，你推我讓，誰也不願當仁不讓、大大方方的走出來負起責任。我們又見到，有不合理的事情存在時，人們只是將不滿藏在心裏，不敢挺身而出，要求改革。

在新的時代，這種教育子女的模式應該改一改了。我們要教導子女，不懂不應該裝懂，懂的卻不要裝不懂。我們要教導子女，有能力做的事，固然要勇於承擔；能力有所不足的事，也要爭取學習的機會。

「為善不敢後人」，我們要教導孩子，凡是應該做的好事，就要爭着去做，把那虛偽的「謙讓」拋掉。「爭着做」不等於「霸着做」，爭到做的機會之後，還得善於向人學習和善於和人合作。

# 袖珍本

現代交通工具節省了人類不少時間，卻也浪費了人類不少時間。在交通擠塞的城市裏，浪費時間的現象尤其顯著。

舉個例來說：我們想橫過馬路時，往往要等好一會兒，香港每天有成百萬的人過幾次馬路，浪費的時間該有多少？

從前的人，出於交通不便，工作的地點和居住的地點不會太遠，每天可以安步當車。現在的人每天乘車搭船。上班下班往往要花一兩個小時，比以前浪費的時間只多不少。

尤其在放工放學時乘搭巴士，等車的時間往往要三四十分鐘，真是不值。光陰的白費等於生命的浪費，太可惜了！

希望出版界多出些袖珍本的書，讓我們出外時除了要準備足夠的輔幣外，衣袋裏還有一兩本書，在等車等船的時候拿出來看看，使時間消失得有點價值。

蘇輝祖先生在一次演講中說，學生每天閱讀中文一千字，一年也有三十六萬五千字。

如果學生等車時拿本書看看，所讀一定不止此數。

# 夢

生活篇

據說「哲人無夢」，我不是哲人，所以夢特別多。可以說沒有一天晚上不做夢，而且不止一個。

對於夢，我是歡迎的。

一個人要睡覺，是無可奈何的事。睡着了不能活動，那和死也差不多。我們叫「死」為「長眠」，掉轉來也可以叫「睡覺」為「小死」。但是有了夢，那等於睡眠中也有了活動，為我們的生活增添了姿彩。

我們的生活往往單調呆板，枯燥乏味，但是在夢中卻可以多姿多彩，逸興遄飛。在日常生活中，我們往往只能扮演一兩個角色，但是在夢中，你可以晚晚翻新，遍嘗多種人生滋味。即使是噩夢，醒來後也能帶給你安慰，慶幸不是真的。或許這會使你更珍惜未來的日子。

多年來工作忙得透不過氣來，生活中的娛樂少得可憐，遠方的友人也疏於問訊。在夢中卻間有高山嘯吟，綠波暢游的快事，也偶有與良友共聚，促膝把盞的奇逢。醒後仍有一份喜悅，無限回味。夢呀，我歡迎你！

# 死亡

還記得一個老朋友久受疾病折磨，彌留時親友高呼他的名字，希望把他留在人間。他卻厭煩地做了一個不想別人騷擾的示意，不久就安詳地去了，永遠地去了。死亡解除了他的痛苦，使他獲得永久的安息。

歷史上有數不盡的暴君，他們殘民以逞，使人民過着痛苦黑暗的日子；即使他們不被人民推倒，也總敵不過死亡的力量，不得不永遠垂下那染滿血腥的毒手。暴君把自己凌駕於所有人民之上，但在死亡面前，他和普通百姓卻是平等的。

對於厭倦了生命的人，死亡並不可怕，不是有許多人，死亡未尋找他，他卻自己先去尋找死亡嗎？

可是對小孩子來説，對具有鮮蹦活跳的生命的小孩子來説，死亡作為所有生命個體的最後終結這個無情的事實，卻是太難接受了。

「人為什麼一定要死呢？」他們問。

「既然人一定要死，倒不如不要出生到這個世界上來了。」七八歲的孩子説得無限蒼涼。

對這種古往今來、歷久如新的慨歎，我能説些什麼呢？

# 一次交換

　　孩子，那天你向我討一個毫子，投進一個求乞老人的鐵罐中。你微帶羞澀地跑上前去，由於匆忙，毫子沒有掉進罐裏，卻跌在地上；你慌忙拾起，終於放進罐裏，發出「篤」的一聲。那老人點頭點腦的向你道謝，你興奮得紅着臉跑回我的身邊。

　　孩子，你以前也曾向我討過錢，要買牛奶公司的甜筒，要買紅紅綠綠的波板糖，要買會升上天的汽球，要買閃着螢光的貼紙……我有時答應，卻有時拒絕。因為你要買的只是個人的小小滿足，我卻怕無節制地追求滿足，會使你變得永遠不知滿足。

　　可是你今天的請求，說什麼我也無法拒絕。雖然有人說，幫助乞丐會加深社會問題；我和你卻同時看到，這老人的確需要幫助。這小小的一個硬幣，那好聽的「篤」的一聲，帶給老人一點快樂，帶給孩子你更大的快樂，帶給你父親的卻是更大更大的快樂。

　　孩子呀，這並不是施捨，這也不是買賣，這是交換。你拿出去的是珍貴的同情，換回來的是滿懷的歡悅。

# 家鄉食品

女兒想學炸油角，做母親的忙請了婆婆來傳授。從製餡到開粉，從包到炸，全個過程，邊說邊做，邊學邊吃，教的教得清楚，學的學得開心，滿室過年氣氛。

我對應節食品，都是淺嘗輒止，更因事務繁忙，從沒有時間去嘗試製作。吾妻亦教育界同行，可惜並不擔任家政科課程，烹飪方面略勝阿濃，比之上一代則所識甚少。看來多種家鄉食品之製作，如茶葉蛋，蘿蔔糕，炸春卷，糯米湯圓，五月糉……都會遲早失傳，難得女兒肯學，當然要滿足她的心願。

現在購物方便，一切應節食品均可在市面購得，味道也不一定輸於自製，但買回來吃就沒有了那全家總動員的熱鬧氣氛，也沒有那即製即食的香味。

兒時在鄉下，新年主要食品為饅頭。製作之日緊張而熱鬧，孩童除緊記不得說不吉利語之外，還負責在饅頭上點花樣，以分別不同之內餡。開籠時白雪雪的饅頭冒着熱氣，麵香撲鼻，至今猶令人懷念。

# 小食

　　兒時故鄉賣糖粥的，有一個時期是我每日企盼的人，下午四點多鐘他就挑着擔子來到街頭，敲起一面很小的銅鑼，附近的小朋友聞聲而集。糖粥也沒有什麼特別，不過是白米粥裏放幾粒紅棗，但那時的我卻覺得是玉液瓊漿。

　　香港街頭小食檔林立，牛雜、魚蛋、釀豆腐、臭豆腐、鹵味、涼果、糖水、涼茶、椰汁、栗子、煨番薯、花生糖……舉不勝舉。不但對小孩子有吸引力，穿着整齊的男士，打扮時髦的女士，一樣大方地站在街頭吃得津津有味。

　　學校門前亦有小食檔數種，上課前後即推車前來，雖然校方曾婉轉勸告學生注意觀瞻，卻無法阻止學生買來享受一番。

　　武則天時一個叫張衡的四品官，已經快升三品了，有一天退朝時，見路旁蒸餅新熟，忍不住買了一個，就坐在馬上吃起來。結果被御史彈奏，貶了他的官（故事見唐人筆記「朝野僉載」）。阿濃對這位張先生不勝同情之至。

# 食法

看電視上的北京風光介紹，想不到一個殘忍的鏡頭，使我至今心中不安。

那是介紹一味名菜；一條魚的身體已被煮熟，連作料一起裝在盤子裏，可是那條魚卻還沒有死，連着身體的魚頭仍在那裏呼吸，魚嘴一開一合的，假如牠會發出聲音的話，一定正在那裏呻吟。

我不知看着魚嘴開合的人，懷着怎樣的心情下箸，我卻是心中好像被人重擊一樣，為人類——尤其是我們中國人，想出這樣殘酷的食法而大感羞恥。

看來中國人的天性絕不仁愛，不然就不會想出吃猴子腦，吃半段生、半段熟的魚這類可怕的食法，就不會想出對付自己同類的淩遲、剝皮這類恐怖的刑法，就不會出現文化大革命中種種獸性的打人、殺人、侮辱人、虐待人的行為——這絕不是只是幾個冷血者的所為，而是中國人之中嗜血者甚多。

我真懷疑，中國人受不完的苦難，是否和我們的殘殺其他生靈有關。

# 龍船以外

香港的端午節，除龍船和糭子外，應節的似乎已無他物。

兒時在故鄉，母親已做好了一個個的小香囊，讓我們掛在身上，發出淡淡的幽香。在這炎暑季節，可以辟除汗氣。香囊做得很精緻，有小動物、植物果實等種種形狀。小兒女們也以此互相饋贈，表達自己的心意。曾在香港街頭見過一種香囊，塑膠外殼中藏一粒臭丸，其雅俗之分，真不可以道里計。

端午節在家中懸掛鍾馗像也是一種習俗。小時候我喜歡畫幾筆，模仿別人畫的這位「捉鬼大元帥」的尊容，睜眉突眼，絡腮鬍子，倒也有七八成相似，被人家討了張貼起來，頗使我沾沾自喜。

孩子平日不准飲酒，端午節卻可喝一小杯，那是加了雄黃的藥酒。《白蛇傳》中的白娘娘，就因為飲了這種酒，現出了原形，嚇死愛人許仙，要去盜仙草解救。

節日的趣味，是習俗中糅合了許多故事和傳說。而現在，似乎既沒有講者，也缺乏聽眾了。

# 麵人

女兒買了個麵人兒回來，是個神氣的孫悟空，售價二元。那樸素而又帶點俗氣的造型，把我帶進了童年的回憶。在那拖鼻涕的歲月，自己就是麵人檔前的熱心觀眾，一柄小竹刀，一把梳，幾塊不同顏色的麵粉，在街頭藝人的手裏，就能捏出小說中栩栩如生的人物。記得那時候師傅們最喜歡捏的是《西遊記》、《水滸傳》中的人物，想不到幾十年後在相隔千里的香港，又看到那似曾相識的孫悟空。

帶表演性質的街頭小生意還有剪影，阿濃也曾捧過場，雖然剪出來不大像，但大家都還是嘻嘻哈哈的接納了。起碼在你幫襯時做了兩分鐘主角，並給旁觀者帶來免費娛樂。

在尖沙嘴織草蜢的，帶着謙遜的微笑，蹲在黑布傘旁，那肥草蜢似乎並不能帶給他豐足的生活，我很少看見有遊客向他購買。

賣飛機欖的最吸引人的表演是拋欖上樓的絕技，而不是他們的演唱。如今樓高車多，加上孩子們寧願嚼香口膠，這樣的街頭免費表演已差不多絕跡了。

# 假日

　　迷糊中醒來，正想起牀梳洗，趕着回校，忽然記起這是假期，可以多睡一會兒，於是重復埋首枕中，再尋好夢，直至朝陽入戶，市聲盈耳（如為鳥鳴，自然更佳），才施施然起牀。此假日之樂一也。

　　白粥油條，邊吃邊閱早報。睡衣拖鞋，自在舒適。安坐家中，無擠車趕船之苦。此假日之樂二也。

　　攜子女同往附近公園，樹下散步，草地小憩，亦可玩羽毛球，打太極，舒舒筋骨，出一身汗，那微微的肢體疲勞，卻換來精神的舒暢。此假日之樂三也。

　　收拾書桌，使雜亂無章變為整齊清潔；清理抽屜，使由膨脹堆疊變為清爽鬆動。順便把積聚的照片貼到照相簿上，一邊貼一邊重溫拍攝時的情趣。再把拖延已久的信債還一還，和朋友訴一訴心聲。此假日之樂四也。

# 曬太陽

雖已立春，這幾天冬意仍濃。

校服不足禦寒，訓導主任網開一面，暫准學生穿着雜色冬衣回校，校園平添多種色彩。

小息時最受學生歡迎的活動為吃東西、踢毽子和曬曬太陽，以其均可使身體溫暖也。

曬太陽最好擇向南之牆，鄉間貧民、老嫗往往攜小凳坐牆下，縫縫補補，閒話家常。《阿 Q 正傳》中的王鬍在牆根下捉虱子，就因為牆根和暖，可以把衣服脫下來一面曬太陽一面捉虱。

宋朝羅大經的《鶴林玉露》載，鄉人有把冬日的太陽叫做「黃棉襖」的。有一年正月，雨雪連旬，終於有一天轉晴，太陽露面了，老公公、老婆婆興奮地呼叫着說：「黃棉襖子出矣！」羅大經為作一絕句云：

范叔綈袍暖一身，

大裘只蓋洛陽人，

（用白居易詩意：安得大裘長萬丈，與君都蓋洛陽人）

九州四海黃棉襖，

誰似天公賜予均。

書寫至此，阿濃手硬，也要到外面去曬曬太陽了。

# 腳婆

憶兒時冬日上學，每攜腳爐與俱。爐銅製，圓形，中置炭火，蓋有小孔數十透氣，另有銅柄，便於攜帶。上課時，置腳下，全身皆暖。兒時着棉鞋，如着皮鞋、膠鞋，則需先除鞋而後置腳其上。

小息時，掀爐蓋，散置花生、白果之屬於炭火上，邊焙邊吃，樂也融融。

兒時冬夜腳冷，母親置「湯婆子」於腳端。湯婆子如今之暖水袋，但以金屬為之，扁圓形，以沸水灌其中，外用布袋裹之，至翌晨尚有餘溫。

湯婆子這東西由來已古，又叫暖足瓶和腳婆。宋朝的黃庭堅有兩首詩，題目是「戲詠暖足瓶」（見《山谷詩集註》卷十五），因為有些字，字房排不出，只能引其大意。他說：

讓小姬暖足而臥，只怕引起心猿意馬，倒不如「千金買腳婆，夜夜睡天明。」而且腳婆不用吃東西，只要拿一件衣服包住它就可以了。到第二天裏面的水還暖暖的，可以倒出來洗臉呢。（阿濃按：既慳水又節省能源。）

# 戀愛

「中學生應否談戀愛？」是辯論會的題目，是學校壁報上的文章題目。答案似乎很統一：中學生不應談戀愛，因為會影響學業⋯⋯可是中學生之中完全沒有嘗過戀愛滋味的恐怕不太多。

阿濃曾是壁報的主編，也寫過這一類的文章，卻被一同編壁報的一位女同學的眼睛弄得神魂顛倒。當一個少男，說不定在什麼場合，偶一回首，或無意的望過去，常常發現一對少女的眸子，正脈脈地對他凝視時，他的心能夠毫無所動嗎？何況她是這樣的能幹，又有一種與人不同的氣質？

這種年齡的愛情，多是不會結果的小花。開的時候很可愛，很美麗；在春風中搖曳過，在陽光下微笑過；後來卻有千種百種的原因，使它萎謝。它曾帶來眼淚，它曾帶來悵惘，它曾帶來創傷。這創傷當時使你痛不可當，但事後你偏偏要去碰觸搓揉，因為那已變得輕微的痛楚，既苦且甜，如夢又真，還是那樣的使心弦顫動啊！

# 最佳聽眾

　　阿濃喜歡與青年朋友為伍，只不過是人到中年，以此聊慰對青春戀戀不捨之情。

　　阿濃卻偏多長一輩的朋友，每有聚會，他們總喜歡拉住我這個小老弟談説，使阿濃眼見那邊廂紅男綠女，青春氣息洋溢，小弟弟小妹妹們談笑甚歡，卻無法抽身參預其中。

　　長輩們喜歡找在下相陪，並非因鄙人能説善道，會討他們的歡心，也並非因阿濃禮儀周周，使老人家嘗到被尊重的滋味。只因阿濃有一份耐心，肯聽他們念往事，訴心聲。

　　阿濃可以聽一位老先生第十八次談及和某學術權威辯論而大獲全勝的威水史，仍然貌似不勝欽佩；也可以聽一位老太太第無數次告訴我她的兩個兒子、兩個女兒、兩個女婿都是碩士或博士，仍然像第一次聽説那樣的表示讚歎。

　　阿濃的確很虛偽。只因為我知道老人家最大的寂寞是所講的話沒有人聽，即使和子女、孫兒談話，也時常被「窒」，便耐着性子，做一個最佳聽眾。其實阿濃也是很苦的啊！

# 暑期工後遺症

也曾熱烈地讚許學生去做暑期工，認為除了可以賺錢幫補家計之外，還可以深入社會，認識人生。

可是，我漸漸改變了原來的看法，因為我發覺暑期工會帶來許多不良影響。

對男生來說，在做暑期工期間容易學會的是講粗口和賭錢，甚至吸煙；對女生來說，容易學會的是行公司、扮靚。而男女學生共同學會的則是「使錢」。他們賺的錢雖不多，但對平日只有幾塊錢零用的學生來說，仍是個大數目。手上有了錢，就禁不起物質的引誘，亂花亂用。到開課後沒有了這筆收入，卻已養成浪費的習慣。

社會風氣不同學校純樸，一些工廠和商行的年青職工，常有集體往的士高或郊遊的活動，他們放浪形骸，男女關係隨便，看在做暑期工的學生眼中，定會有不良影響。這一類的活動和來往，到暑期結束後，也一樣會繼續下去。

老師們還發現，做過暑期工的學生，膽子大了，態度放肆了，往往不把老師放在眼中，認為老師的話語只能騙騙小孩子，像他們這樣見過世面的，對之不必過分認真。他們自覺是英雄好漢，而老師則是「土老頭兒」。

# 擠生

關於兒童生活的某些方面，頗有人作過調查，如餘暇生活的利用，做功課時間的多寡等等。阿濃很希望有人也來作一次兒童居住環境的調查，看看：

香港有多少孩子擁有自己的獨立房間？

有多少孩子擁有自己的睡牀？

有多少孩子擁有自己的書桌？

有多少孩子有一定的地方放置玩具？

有多少孩子在家裏有地方飼養寵物？

調查的結果，一定是令人失望的。香港的居住問題實在太嚴重了，能舒適地擁抱着自己的小熊，甜睡在自己小牀上的幸福小朋友實在不多。

至於書桌，即使爸爸肯買也沒有地方放置，做功課的桌子也是吃飯的桌子，也是打麻雀的桌子。

飼養寵物倒還沒有絕跡，一小缸的熱帶魚也會帶來一些生活情趣。可憐的是熱帶魚也受罪，因為那缸實在太小了。

我看到擠生在一起的樹木長得瘦而長，不知道擠生在一起的孩子會變得怎樣？

# 花展

到大會堂去看花卉展覽。展覽分免費和收費兩部分:收費部分包括花園和二樓展覽廳,免費部分就設在皇后碼頭旁的廣場上。

說到氣氛,還是免費的部分熱鬧,因為這裏不但可以看,還可以觸摸和購買。展覽場中往往是小賣部最熱鬧,花展亦如此。

我有一個感覺,就是這些賣花的攤位,職員都笑容滿面,言語可親,看來種花真可以陶冶性情,使他們都變得如此謙和溫雅。

我還有一個感覺,就是場中人都比較漂亮。或許是受了花兒的映照,或許愛美的人也都愛花吧?

一個小伙子問一檔小盆栽的檔主:

「有什麼不用怎麼打理的花兒賣嗎?我冇心機服侍呢啲嘢㗎。」

那檔主正顏對小伙子說:

「冇心機打理,我勸你不要買,我費心培植這些花,希望能賣給好好照料它們的人。」

不是阿濃硬往教育問題上拉,阿濃當時所想的是:「冇心機教書的人,最好還是不要教。」

176

# 認輸

朋友來拜年，帶了孩子來。

小朋友們很快就玩在一起，也很快就發生了爭執。

我要我的孩子讓朋友的孩子，因為主人應該讓客人。

調解之後，玩了一會兒，爭執又起。這次我調解也沒有用，我的孩子不肯再玩，以示抗議，原因是對方玩什麼都要贏，不肯認輸，一輸就撒賴，或是不認賬，或是故意搗蛋。許多小孩子都有這種毛病，他們不遵守遊戲規則，只許贏，不許輸，孩子們稱之為「茅」，犯有此種毛病的，往往受到大眾杯葛，沒有人喜歡和他玩，使他們相當孤獨。

想改變這類孩子的心理，絕不能對之遷就退讓，要他們認識：不論做事、遊戲，都有共同承認的規則，此規則神聖不可侵犯，凡參與者都得遵守，誰不遵守，就失去參與的資格。

同時也要教導孩子，在贏的時候不要「牙擦擦」，更不應譏笑失敗者，這會使輸的人心裏好過些。孩子雖小，這種「體育精神」和「運動家風度」卻是應該一早培養的。

# 想像

　　遊樂場的機動遊戲，花樣繁多。但適合幼兒的無非是裝了摩打的動物、汽車、飛機和火箭，孩子坐上去，上下搖動幾分鐘，或是轉了幾圈之後，就得花你一塊錢。

　　孩子越玩越有興致，很快就玩掉十元八塊。

　　肉痛的爸爸說：「這有什麼好玩？搖兩搖就花一塊錢，不如坐到我的膝頭上搖吧。」

　　可是孩子對爸爸的膝頭沒有興趣。為什麼呢？因為爸爸的膝頭不能引起他們的想像。

　　孩子坐在木馬上，想像自己是個騎士；孩子坐在小飛機上，想像自己是個飛機師。多威武呀！多英雄呀！於是樂在其中矣。

　　鄉下的小孩拿一根竹當馬騎，也一樣快樂，在他們心中，那不是一根竹，而是一匹駿馬。可是爸爸的膝頭，無論如何，總無法引起這樣的想像，因為坐在爸爸的膝頭上是一種依傍，完全沒有獨立的感覺。

　　幼稚園的教師如果能善於利用孩子的想像力和要求獨立自主的精神，可以使孩子們學得更好更快。

# 緊張

　　小兒子由於成績不符理想，已由甲班打落乙班，可是他若無其事，照玩可也。

　　這個星期他學校舉行期中考試，仍見他懶懶散散。他母親監着他溫習功課，花費了不少唇舌，而收效甚微。他不是心不在焉，就是呵欠連連。

　　「你再不用功，就要降落丙班了！」

　　「假如不及格，就要留級，明年和隔鄰的牛仔同班了，醜不醜？」

　　可是，他對我們的警告看來也不當一回事，只要我們不看着他，他又跑去玩了。

　　一科又一科，終於考完了。每天問他考得怎樣，他總是埋怨老師題目出得不好，他的成績也就可想而知了。

　　就在全部考完的晚上，他獨自一人對着大門猛練乒乓球，既專注、又努力，打得氣喘喘的也不休息。還不時嚷着説：「明天大決戰，好緊張呀！」原來明天是學校乒乓球選拔賽決賽的日子。

　　阿濃苦笑着説：「你對讀書有打乒乓球的一半緊張就好了。」

生活篇

# 安排

　　一個做護士的舊日女學生打電話來，説有事請我幫忙。原來有一份教會刊物，一直由她擔任編務，她怕不久的將來再不能擔任這項工作，已經找到替代的人，但要我在編輯技術方面予以指導。她自己當初開始負責編務時，也曾向我作過同樣的請求。

　　我一口答應了，但問她不能再擔任編務的原因。她説一隻眼睛的視網膜有毛病，視力衰退得很厲害，可是卻找不出病源。醫生雖然沒有告訴她無能為力，但來自職業的敏感，使她看到了自己的危機。

　　我問她另一隻眼睛的情況，她説暫時沒有問題，但誰也不能保證……

　　她平靜地告訴我，她已準備趁看得見的時候，去學習一些技能，以便不幸失明時能生活下去。

　　拿着電話，我竟説不出一句安慰的話。一個纖弱的女孩子，面對着如此險惡的命運，卻仍大智大勇地去安排一切，不但為自己，更為別人。為師的自愧不如了！

　　我惟有默默地為她祝福。

# 換牙

記得童年換牙，母親用線套住鬆了的乳牙，用力一扯，就大功告成。據說只要雙腳立正，把下排的牙丟上屋頂（鄉間房屋只一層），把上排的牙丟進牀下，新牙就會很快生出，而且十分齊整。阿濃每次都照做無誤，結果牙齒還是長得三尖八角，一點也不齊整。可見這種說法是不足為憑的。又有人說，牙齒不整齊的人往往比牙齒整齊的人幸福，阿濃當然但願如此，可惜這同樣是毫無根據的。

我的孩子換牙，也曾由我的母親——他們的祖母，「照辦煮碗」，用線來扯。但祖母已經眼花手震，那線圈兒套來套去都無法把牙套住，使孩子大感緊張。他們情願由我來脫。我的做法很簡單，兩隻手指拿住鬆牙，輕輕一攀，就手到成功。當然這要等乳牙已經十分鬆動的情形下進行。

孩子們的牙和我一樣，也是前後交疊，很不齊整。這都由於他們牙齒大、牙牀小，不夠位置生長之故。

我最欣賞的電視藝員之一是黃淑儀，除了她成熟的演技之外，因為她還有兩顆交疊的門牙，對我極有親切感。

# 不祥

即使是受過科學洗禮，不信鬼神之說的人，也未必能完全擺脫一些傳統的迷信觀念。

結婚的好日子，如果不小心打破了鏡子，夫婦倆心中總會留下陰影。老人家壽誕之期，如果有人吃飯時打破碗碟，也會使全家心裏不安。

中學一年級的中文課本，選了任鴻雋《科學的頭腦》一文，指出「天地間事物，總有一個因果的關係，不明白這個關係，要求無因之果，或是因果錯誤，便是迷信。」打破了鏡子與今後夫婦生活之是否美滿，碗碟的破爛和老人家的健康狀態，其間絕無關係存在。可是碰到這種情形，我們偏偏無法釋然於懷。

一些電影和電視劇，也常常用這類預兆來暗示未來的「不祥」，更增加了這類迷信的影響力。

宋朝的洪邁就指出這種迷信的沒有根據，他說有些人認為富貴中作不如意語，少壯時作衰病語，是不祥的讖語，可是白居易十八歲時病中作了一首絕句：「久為勞生事，不學攝生道，少年已多病，此身豈堪老！」結果白居易活了七十五歲，堪老得很。

# 真味

夏丏尊先生在《生活的藝術》一文中寫弘一和尚生活樸素，卻能欣賞其中真味，獲得最大的滿足。

一位朋友送了四樣菜請他吃，夏先生也同席。其中一碗鹹得非常。夏先生說：

「這太鹹了！」

「好的！鹹的也有鹹的滋味，也好的。」弘一大師說。

夏先生最後有感而發說：「自憐囫圇吞棗地過了大半生，平日吃飯著衣，何曾嘗到過真的滋味！乘船坐車，看山行路，何曾領略到真的情景！雖然願從今留意，但是去日苦多……。」

夏先生的話我深有同感，從前過日子是囫圇吞棗，今後過日子要細細咀嚼。

這兩天天氣稍為涼了些，肌膚感受到冷的滋味，我覺得很舒服，我的心說：「好呀，冷也有冷的滋味！」走在陽光之下，我感受到太陽溫暖的撫摸，也很舒服，我的心說：「好呀，這溫暖一直透進了我的心！」

我開始懂得領略生活中一些真味了。

# 圓

　　讀鍾梅音女士的《我只追求一個「圓」》，頗有同感。希望今後也能漸漸做到「能依照自己的愛好而生活」，而不是為朋友的好感、同事的讚美、自己的虛榮，去做一些沒趣而自苦的事。

　　鍾女士沒有對她所說的「圓」，下個明確的定義，她的原文是：責任義務之外，各安所適就好，倘使現在要我為「幸福」下定義，那就是「依照自己的愛好而生活」，假如紙面不夠大，何妨將直徑收小點兒，我只追求一個「圓」。鍾女士的「圓」大概是指簡單而美滿的生活吧。

　　阿濃想補充的是：這個「圓」，也不必用心去畫，像阿Q在公堂上那樣，越是想畫得圓，越不成功。倒不如隨意去畫，反倒渾成自然。

　　造物主製造太陽、地球、月亮時，也很隨意，起碼我們知道地球和月亮的表面都是高高低低，凹凹凸凸的，可是每個月農曆十五看月亮，有誰說月亮不圓嗎？還有太空人拍回來的地球照片，也同樣圓得很呢。

# 中文 T 恤

在 T 恤上印字，流行了多年，所印的字九成九是英文，中文絕無僅有。

英文之中還有一些語帶雙關，含義很不健康的東西，也不知那穿在身上的人自己是否懂得。

中文運動諸君子何不利用 T 恤來宣傳這個運動？肯定這是比「揮春上街」更有效用的。

除宣傳中運的內容之外，更可擬一些青年人喜歡的字句，在不同場合穿着，我想一定會受到他們的歡迎。

下面是我想到的一些：

旅行時穿着：我愛大自然，海闊天空任鳥飛，快樂旅程，美麗的星期天……

聚會時穿着：請給我一個微笑，友誼萬歲，團結就是力量，眾志成城，我們是歡樂的一羣……

其他場合穿着：惜取少年時，珍惜今天，四海之內皆兄弟也，人人為我我為人人，人生以服務為目的，相逢何必曾相識……

歡迎你也擬一些。

# 嚇壞

　　跟張丹女士閒談，她說的是最純正的普通話，阿濃說的是帶點口吃的普通話。張丹女士在香港推廣普通話不遺餘力，是研究普通話的權威，在她面前說普通話，阿濃不免心怯，而致口吃起來。

　　她說在香港教普通話，要照顧本地人的特點，知道他們最容易混亂和說錯的是哪一些，就要特別提醒他們注意，例如「孩子」和「鞋子」，本地人就分不清……

　　阿濃聽過一個真實的故事，就說給張丹女士聽：

　　香港一個旅行團遊六和塔時，中間有幾層沒有燈光設備。黑暗中忽聽一位女士驚呼：

　　「哎呀，我的孩子掉下去啦！」

　　全團立時死一般的寂靜，傾聽是不是發生了慘劇。

　　後來才弄清楚，那位女士穿的是時髦的高跟拖鞋，剛才在黑暗中掉到樓梯下面去了。她把「鞋子」說成了「孩子」，差點沒把大家嚇壞。

# 書在手邊

香港人忙得很，喜歡看書的人也未必有時間看書。補救的方法之一是把書放在手邊。

放一本書在西裝袋或手袋裏，是許多人已經實行的辦法，他們利用等車、等船、等人、等吃……的時間，隨時看那麼三、五、七頁，已證明行之有效，收穫甚大。

不過還有進一步可以做的：

放一本書在牀頭几上或枕頭底下，臨睡前看幾頁，有使你眼倦、助你入睡之效。但要排除武俠小說，免得放不下手來。偶爾失眠，那就索性燈下暢讀，不受輾轉反側的煎熬。

放幾本書在洗手間，如廁時兩眼沒處放，自然會找書看，放幾種不同的書籍，配合家人不同的閱讀程度和興趣。連你最無書緣的小兒子，也可能看得趣味盎然。

假如你有自用車的話，在車頭空格裏放兩本新書，並且不時更換，當你坐在車上無聊地等人，或者坐汽車渡海船無事可做時，就可以一享讀書之樂了。

# 牙尖嘴利

本以為現在的青少年，看書少，寫作少，文字的表達能力退步；聽收音機多，聽電視對白多，語言的表達能力進步。個個練得牙尖嘴利，能言善道。

但看深一層，卻覺得現在的青少年，在語言表達方面，比從前有更多需要學習的地方。

就拿「牙尖嘴利，能言善道」來說，他們可以「窒」到老師氣頂胃痛，可以「窒」到父母兩眼反白，但這是不是表現出他們的「叻」和「醒」呢？

非也，這往往表現出他們的愚蠢。

真正會講話的人，是以理服人，使人聽了心悅誠服。不但覺得你有道理，並且欣賞你的態度，佩服你的見地。

可是我們現在的青年人，恃着自己口才便給，說話流暢，以一些蠻理、歪理欺負不善言辭的成人。對方明知你不對，卻一時駁不倒你，只有伊伊呀呀的乾瞪眼。表面上是會說話的青少年贏了，其實他們不但未能達到說服別人的目的，還使人們對他們反感。他們究竟贏得些什麼呢？

（學講話之一）

# 先學聽

青年人學講話先要學聽話。

第一要有耐性聽人把話講完。對方説得慢吞吞也好，説得語無倫次也好，説得期期艾艾也好，説來説去「三幅被」也好，請你以最大的耐性讓他把話講完。不要中途打斷，不要裝出極不耐煩的神色，要心平氣和地「恭聆教益」，直到他停口為止。這不但是禮貌，也有助於談話的氣氛和進展。當對方有機會把心中的話申述清楚，他們的情緒就比較穩定，就能夠以較大的耐心聽你發言。

第二要聽懂對方説些什麼。那就要真正地聽，不是裝作聽的樣子，而是努力了解對方想表達的意思。遇有不明白的地方，待他説完之後，可以提出詢問，讓他補充，表示你的的確確曾經留心他的講話。

第三不要先存成見。以為某人説話一定「老土」，某人説話一定「偏激」，某人一定是「講耶穌」，某人一定是「婆婆媽媽」。一有成見，就難以入耳，就難有耐性，就容易誤解對方的意思。

（學講話之二）

# 辯論之道

青年人能有耐性聽人把話講完，已經是一種難得的修養，容易得人好感。

到別人講完臨到你講時，如果對方的意見有一部分是你同意的，最好先告訴他，使他覺得你們之間頗有可以溝通的地方。對於不同意的地方，不論你覺得那是多麼的荒謬、可笑，也不可嘲弄他。人們可以接受你的不同意，卻難於接受你的嘲笑。

最好的表示不同意的方法是提出反問，當對方無言以對時，那是非也就不辯自明了。

當對方在辯論中失敗了時，你切不可沾沾自喜，把人家挖苦一番。你這樣做的結果絕不會增加一個同意你的人，所增加的是情緒受到傷害的死敵。

但是當你理屈詞窮，發現了自己的錯誤時，卻不該感到沮喪羞辱；相反，你應該歡欣雀躍。有什麼比認識錯誤，獲得新知，在追求真理的道路上前進了一步，更值得歡喜的事呢？你應感謝那「擊敗」你的對手，因為是他把你領上正確的路途。

（學講話之三）

# 阿煩和阿悶

「歡樂今宵」有個喜劇人物叫「阿煩」，說話快得像機關槍，但空空洞洞，言之無物，絕大部分是廢話。現實生活中也頗有這樣的人，不過程度未有如此之甚罷了。

現實生活中還有另一種人，說話慢悠悠的，像吃了兩公斤豬油，聽他講話要有最大的耐性，這樣的人可以叫他做「阿悶」。

阿煩、阿悶都要學講話，努力調整自己說話的速度。

一般來說，青年人說話偏快，所以要學習講得慢些、清楚些、有條理些；老年人說話偏慢，所以要學習講得快些、簡潔些、爽快些。

說話的速度還要視不同的聽者而調整：對小孩子、老人和知識水平較低的要講得慢些，對青年人和思想敏捷的人要講得快些。

講話的速度也要隨內容而調整，比較艱深的、需要思索的內容要講慢些；鼓舞情緒的、爭論熱烈的問題要講得快些。

最後，對說話慢的人我們可以講慢些；對說話快的

人我們也可以講快些。

　　要快就快，要慢就慢，不妨多訓練自己具備這樣的能力。

　　　　（學講話之四）

# 語驚四座

有人講話的確是「語驚四座」，不是因為他講話的內容，而是因為他講話的聲音。

不論在圖書館裏也好，教堂裏也好，情調優美的餐室裏也好，他們端的是「不鳴則已，一鳴驚人」。

「大聲公」往往有他的背景，長期在嘈雜的環境中工作的人，某幾個省分的人，聽覺欠佳的人，當過軍官的人，自以為豪氣干雲的人，中氣十足的人，都容易成為高音喇叭。

「大聲公」有時頗佔便宜，在空曠地方演講而沒有擴音設備，他們可以應付裕如。那喝斷長板橋的張飛就靠一聲霹靂，嚇退了曹軍。可是在一般情況下，他們往往使身邊的同伴處於尷尬的境地。當他不論場地，不分時刻，高談闊論時，引得四周注視的目光集中過來，使同伴們如坐針氈，「大聲公」卻往往處之泰然，毫無感覺。

想「大聲公」學會以適當的聲線說話，是十分困難的事。他需要一個好伴侶或者好朋友，經常在他身旁提醒他，或者可以減輕一二。

（學講話之五）

# 內外有別

生活篇

　　阿權要去做義工，參加一項老人服務。禮拜天一早就催祖母弄早餐，好讓他吃了出門。

　　祖母替他準備了粥和小菜，阿權一面吃一面抱怨粥太熱，把碗放下來先去打電話。

　　阿權吃粥的時候記起那條牛仔褲還沒有熨，又要祖母立即開熨斗。

　　祖母一面熨牛仔褲一面問：「回來吃午飯嗎？」

　　「不回來！」阿權沒好氣的答。

　　「回來吃晚飯嗎？」

　　「說不定！你就緊張我回不回來吃飯，煩死了！」阿權不耐煩地放下碗筷去換衣服了。

　　「整天在外面無事忙，看你連自己牀鋪，也亂得像狗窩似的？」祖母把剛熨好的牛仔褲放在他牀上。

　　「誰說我是無事忙？我是做義工替老人服務呀！你都唔識嘢嘅！」阿權穿好衣服，匆匆地出門去了。

　　祖母一面收拾他牀上的髒恤衫，牀底下的臭襪，一面喃喃地說：「外面的是老人，家裏的是傭人！」

# 飯桌上

現在一般的家庭已不太注意飯桌上的禮節，因為大家手裏捧着碗，眼睛卻看着電視機，還理會什麼禮節。

禮節太多我也不贊成，因為會使氣氛呆滯，影響家人共享佳餚的樂趣；但一些基本的規矩，做父母和教師的，仍然要時常提醒孩子們遵守。

例如待人齊了才一同舉箸，否則母親在廚房裏煮好最後一味小菜出來，外面桌上已吃得七零八落。

例如不要把碟子裏的菜揀來揀去，讓別人看了討厭，覺得你自私貪婪。

例如不要把好吃的菜都搶到自己碗裏，使弟妹們不高興，引起爭執。

例如保持面前清潔，不要把飯粒和碎骨殘渣，吐得到處都是。

例如飯前幫着開飯，飯後幫着收拾碗筷、抹桌洗碗。

禮不是呆板的形式，而是處處為他人作想的合宜的舉動，教孩子吃飯的禮節應該從這一點着眼。

# 勝券

一種習俗如果行之已久，而且行之者眾，即使你不贊成，也得被迫「從俗」。封利是就是其中一例。

如果你認為封利是給孩子是陋習，除非你不結婚；結了婚而不封利是，就會遭孩子白眼，甚至故意說：「叔叔，你冇利是㖭？」假如你不但結了婚，而且有了孩子，當別人封利是給你的孩子時，你加以拒絕，別人會覺得你不近人情；別人給利是你的孩子，你不給利是人家的孩子，人家會覺得你吝嗇，無賴。所以不怕你是英雄豪傑，在習慣勢力底下，結果還得低頭。

阿濃常常是折衷派，雖沒有勇氣我行我素，與習俗相對抗，卻又想有所改革。比如利是封上面，可不可以把「恭喜發財」改為「新春快樂」、「新年進步」、「祝君健康」、「平安是福」？又譬如能否以書券代鈔票，孩子可憑券換取喜歡看的書？

老妻說：「書書（輸）聲，貪利是咩！」那不如仿「通勝」之例，改稱「勝券」，到時孩子們「勝券在握」，豈不大吉大利？

# 日子有功

　　許多髮型、時裝、化妝方法，初出現時，我們總覺得難看，認為不合美的原則，無論如何都難於流行。

　　可是當他們不斷在明星、模特兒、知名人士身上出現，不斷在廣告、報紙、雜誌上出現，以致成為一種流行時，即使最頑固的人也覺得看順了眼，不再認為難看，甚且自己也被同化，予以接受了。

　　人的這種習慣性，其實是一種危險。

　　許多醜陋的、傷風敗俗的行為，我們多看之後，也就會不以為怪，予以容忍；這還不要緊，最怕是居然也受了同化，恬不知恥的學效起來，那就糟糕了。

　　叫電視明星、艷女俊男在電視廣告中吸煙、飲酒，固然大有引導作用；在電視劇中把我們的生活描繪成只有爾虞我詐、勾心鬥角、互出老千，把男女之間描寫得整日受情慾影響，貓兒叫春似的瘋瘋癲癲，日子有功，幾百萬觀眾看得多，習慣之後，也就會視為正常，不知不覺的學效起來，那就不堪設想了。

# 心盲

　　想在旺角借電話打，跑了半條街也找不到。忽然記起恆生銀行的大堂裏有電話可以借用，便匆匆的跑進去，因為還有二十分鐘，銀行便要休息了。

　　跑進大堂，卻見一個十七八歲的青年，正在使用那惟一可以借用的電話。

　　我不想聽別人的秘密，就略為站遠一些，但我的姿態任誰一看都會知道是在等用電話。我等了五分鐘，那青年細聲細氣、慢悠悠的講着，似乎沒有停止的意思。卻忽然有一位女士插入我和那打電話的青年之間。我心中有氣，但是男人讓女人天公地道，我沒有說什麼，只是站近了他們兩人一些，以防再有別人侵入。

　　那青年明明看到已經有兩個人在輪候使用電話，可是他一副氣定神閒、好整以暇的樣子。一面講電話，一面玩弄自己的手指甲。看他皮膚白皙，衣着整齊，倒是很有教養的樣子。可是他的心卻是盲的。

　　銀行準五時拉下了大閘，我和那女士快快地由旁門出去。

　　那青年仍然拿着聽筒，看來銀行的職員不下逐客令他是不會自動離去的。

# 傳音

　　打電話給朋友，在家人接聽、朋友未到之前，電話裏常常傳來朋友家中的聲音。

　　最常聽見的是電視機的聲音。如果我家的電視機也正開着的話，一左一右傳入耳中，倒有「身歷聲」之趣。

　　間或聽見朋友兒女練習鋼琴或小提琴的聲音，假如你耳朵好的話，還會聽出他們的進步。

　　假如你起先聽到打牌的聲音，朋友來聽電話時，牌聲停止，這表示朋友正在打牌，三腳缺一，你還是快快收線為佳。

　　有時電話聽到一半，忽聽孩子尖叫狂嚷，大人怒喝責罵，表示他家中正有麻煩，為免朋友尷尬，還是儘快把話結束的好。

　　最尷尬是接電話的那位一面叫你的朋友來聽，一面卻喃喃的罵着：「這麼多電話，煩死了！」分明是有意讓你聽見。

　　許多朋友裝了音樂電話，朋友未來時，你可以先欣賞音樂，倒也增添了一些情趣。

# 集郵？

　　集郵是我鼓勵孩子們去做的課餘活動，以為可以增加他們的課外知識，也可以培養整潔、有系統、有條理的工作習慣。

　　孩子們都有好幾本集郵冊，左鄰右里，親戚朋友知道他們集郵，就常常送郵票給他們。有時帶他們到機場送機，臨別向遠行者殷殷致意，他們不是祝人家一路順風，而是：「記得寄郵票給我！」

　　每次有新郵票發行，他們就會緊張地去排隊，一次買首日封，一次買郵票。

　　經過幾年的的努力，郵票的藏量大增，最近並且開始了專題性的蒐集。

　　昨天晚飯時聽兄弟倆談論郵票。

　　哥哥說：「明年又是狗年，香港那套狗年郵票已升值××倍。」

　　弟弟說：「那套公共房屋小全張升值真快，我有五套，賺了……。」

　　我忽然對孩子們的集郵懷疑起來：

　　他們是集郵還是買股票？

# 樂水

泰國的孩子對水有一份特別的喜愛，他們很小就在河裏洗澡，學會了游泳。洗澡是他們生活中的要事，很多人一天要沐浴幾次才舒服。

曼谷的雨水很多，我在那裏的時候，每天都下一場大雨。明明是晴朗的天氣，到下午三四點時忽然烏雲密佈，下起滂沱大雨來。下那麼半個小時，又會雨過天青。一些街道卻已經水深及踝，要涉水而過了。

我曾見兩個孩子渾身濕透，盤膝坐在人行道邊，讓樓上排水管噴瀉而出的雨水，直淋在他們的頭上，那歡喜滿足的神情，令人為之莞爾。

旅遊車疾駛而過時，把路邊的積水成片地灑潑到人行道邊，卻有一些小孩子，手拖着手，三五成羣的站在路旁，歡樂地接受這照頭照臉的淋浴。

據說泰國的新年，人們也是互相潑水為樂。看來泰國的人民對水都有深厚的感情。那泰國的「泰」字屬「水」部，不知是不是一種巧合。

# 好人

「易求無價寶，難得有情郎。」道出了好品質的「人」比好品質的「物」更為難求。

如果在你一生之中，能遇上以下的好人，那麼你真是三生有幸。

你一出生就有好父親，好母親，他們不但愛你，還懂得正確的方法撫育你成長，使你有健康的身體，良好的習慣，讓你接受良好的教育。

你求學時得遇良師，不但把正確而且豐富的知識傳授給你，還指導你尋找真理的門徑，培養你良好的品格，使你終身得益。

你在人生各階段都得遇良友，互相鼓勵勸勉，使你永不孤單。

你在愛情的道路上找到好的伴侶，永遠相愛，相扶持。

你在疾病或年老時得遇良醫，減經你病中的痛苦，使你有一個健康安適的老年。

如果你覺得一個人很難有這樣的幸運，碰上這許多好人，那麼讓我們自己先做這樣的好人，並且感染更多的人做好人吧。

# 闖蕩

認識的朋友之中，竟有幾位患了精神崩潰之症，那嚴重的是不食不寢，連工作能力也失去；那輕微的也整日憂心忡忡，患得患失，對自己失去信心，只想躲避一切。

別人看教師這行業，可算是安安穩穩，風平浪靜；又不時有較長的假期，可以調劑身心。連這樣「安全」的職業，也弄得神經衰弱，精神崩潰，難免使外界人士懷疑，或許他們的神經特別脆弱？

其實在安穩的環境裏生活得太長久，正是造成精神力量衰退的原因。即使是「茶杯裏的風波」，也足以把一大羣畏浪者嚇得寢食不安。

在這個圈子裏越是生活得久，越覺得行家們的謹小慎微，令人難耐。許多行外人怕和教師合作，這是原因之一。

阿濃絕非亡命之徒，膽大包天；只是多少經過風浪，見過世面，發覺一個人如果能到江湖上闖蕩一下，不但能擴闊眼界，增廣見聞，那智慧和膽識也會有所增進，因此而增強了的自衞能力足以防身，比躲在幻想出來的恐怖氣氛中自我作賤，其實更為安全也。

# 水滾茶靚

　　和朋友在茶樓喝茶，那壺茶沖了一次又一次，顏色越來越淡，味道也和白開水差不多。

　　近日工作太忙，看書的時間越來越少，生活圈子越來越窄，卻盛情難卻，這裏答應為朋友寫一篇，那裏忍不住找個地盤發牢騷，結果是入的少，出的多，只怕有一天寫出來的東西無色無味，就像那壺泡淡了的茶一樣。

　　到那時候，最佳的解決辦法是暫時擱筆，把出超改為入超，狠狠地讀一輪書，狂狂地體驗一番人生，然後一面咀嚼、一面深思，把所得的一切變為精神的養料。

　　教書先生往往以為自己是一壺沖不淡的茶，那知識在傳授給學生之後，並不會因而減少，可以數十年如一日的沖下去。

　　問題是只有新鮮沖的茶，才芳香宜人、止渴生津，那擱久了的隔夜茶，只剩下一些死死的顏色而已。做教師的要不斷吸取新知、配合時代的進展，掌握青少年思想心態的變化，即使每年教的是同樣的幾課書，卻每次都好像教新的一課那麼有不同的處理，才能給學生以「水滾茶靚」的感覺。

# 挑擔

　　送稿到華僑日報去，回程由九如坊的斜路下來，有兩人走在我的前面。男的中等年紀，肥肥大大的，穿着背心短褲，走路不大方便，原來兩邊小腿都包着紗布。看他小腿粗粗的，不知是不是因站立太多，靜脈曲張，施了手術。那女的才十五、六歲，看來是他的女兒，穿得也還齊整，卻挑着一副擔子。那扁擔下面，墊了一塊毛巾，看她走路的樣子，並不是慣於挑東西的。可能是父親的兩腿有了毛病，才由她代勞的吧。我走前去看她挑的是什麼東西，原來是一些碗碟之類，大概是包伙食的吧。

　　一個念頭忽然來到我的心中：假如我是那父親，我的女兒也肯為我挑起擔子在街上走嗎？以她們現在養尊處優的情形看來，我想一定不肯。假如將來我的境遇差了，她們即使能做到，也一定很痛苦、很勉強。只有在貧苦環境中長大的孩子，才能那麼自然地、無怨言地為父親挑起沉重的擔子。

# 好玩的火

大人賞月，小孩玩燈。

這因為對小孩子來說，既無「月有陰晴圓缺，人有悲歡離合」的感受，也沒有「月是故鄉明」的慨歎；而嫦娥、吳剛的神話卻又早被在月球上漫步的太空人打破。中秋節對孩子來講，與其說是月節，不如說是燈節。

火，是平常的日子禁止玩的，但中秋節期間卻開禁了，孩子們可以擁有一朵屬於自己的小火，四處遊走。

火真是好玩的東西。它有光、它有熱，它會跳動，它不斷改變形狀，它能吞噬一切可燃的東西、使它們化為灰燼；它還能變為兇猛的巨人，使世界變成火海；它又肯馴服地躲在燈籠裏，照紅孩子可愛的笑臉。它是既可怕又可愛的東西，所以它特別好玩。

用燈泡發光的燈籠，永遠不能代替點蠟燭的燈籠。因為一個是呆的，一個是活的。一個是受拘禁的，一個卻是自由的。而孩子的性格正是活的，不受拘禁的，他們要和赤裸的火做朋友，即使容易被燙傷小手指。

# 站出來

　　每次碰到普通話研習社的譚先生，就會自自然然地說起普通話來。因為他雖然是本地人，一開口卻總是普通話。這樣的對話一開始，附近的朋友也就來湊高興，一時全部普通話對白，說得挺熱鬧的，大家也就多了一次練習普通話的機會。

　　像這樣不放過任何機會，身體力行，堅執地推行自己的理想的朋友還不多見，真要好好地向他學習。

　　努力於音教工作的，一有機會就應該帶領大家唱些好歌。美術教育工作者，和孩子們一同旅行時，就可以帶領大家寫生。兒童文藝工作者，多些講故事給孩子們聽吧！舞蹈工作者，主動地帶領大家跳些個舞吧！不要扮得那麼謙虛，不要「真人不露相」，不要你推我讓。熱情地站出來，帶領大家去做！一個個有益的、健康的活動就會形成，一粒粒可能發芽的種子就此播出，新的發燒友就會產生，美好的理想就增加了實踐者，社會的正氣就因而增加……請記着：隨時隨地熱情地站出來！

# 見豬開心

看到豬年金幣接受申請的消息，才知道明年又是豬年了。

雖然我們常以豬來罵人，其實大家對牠並不十分討厭。孩子的錢箱就常以豬為形，大概豬是肥滿富足的象徵吧。

豬的形狀雖然醜陋，但蠢得來也頗有趣。牠最惹人厭的地方還是身上那陣臭味。有時巴士跟在豬車後面，那氣味使個個大皺眉頭。

新界農場的豬屋，絕大多數和人的居所分開；但記憶中故鄉的豬隻卻是和人同居的。好幾年前看過一篇訪問記，香港有一位老人家，竟然把豬養在牀底下，大概地方淺窄，不得不如此吧。

和豬同屋而居，那臭味是聞定了。為什麼養豬人卻安之若素呢？一則聞慣了就不那麼覺得，二則養豬的利潤不小，一看到肥肥胖胖的豬隻就使人開心吧。

見豬掩鼻和見豬開心，是兩種截然不同的感情表現，假如我帶學生去農場參觀養豬，第一樣要他們學習的就是見豬開心、不得掩鼻。

# 白鼠

女兒讀生物，買了三隻白老鼠回來，經過兩三代的繁殖，雖然已有好幾隻為科學而貢獻了牠們的生命，卻還剩下十隻八隻。

一次我為牠們換籠，夾痛了其中一隻的尾巴，牠吱吱呼叫，女兒立即淚灑鼠籠。但解剖時她做起劊子手來卻若無其事，這倒有點使我不解。

鼠籠置於騎樓，每日三餐不缺，另加蔬菜，可謂優待。解剖時腹中脂肪堆積，此乃養尊處優之故也。

有時戲置豆角一莖於籠中，羣鼠爭食，展開拉鋸之戰，如拔河比賽，孩子們看得十分高興。

不過老鼠們還算斯文，只搶食物，不傷對方。大概牠們並非處於飢餓狀態，不必作生死搏鬥吧。

由於常常餵牠們吃點零食，我一在騎樓出現，牠們就擁至籠邊，把鼻子伸出來猛嗅，但絕無搖尾乞憐之醜態，這比起貓、狗，甚至某些人來，要好看得多了。

# 燒餅

故鄉的燒餅是全國知名的，曾經在好幾篇文章中，看到別人談及我家鄉的燒餅。

孩子時，常以燒餅做早餐，總是由我到燒餅店裏去買。買的人多，有時要站在店前等一會兒。但那是不愁寂寞的，因為可以看師傅做餅。

燒餅爐有半人高，中間開口，像一眼井，底下燒着炭火，用麵粉做的燒餅就貼在「井」壁上烘，待烘熟了，用火鉗鉗出來賣。

燒餅師傅把燒餅貼到爐壁上去的時候，是赤着手臂的。爐子裏的溫度很高，師傅的手臂總是紅紅腫腫的，那上面還有許多燙疤。據說學做燒餅師傅的學徒，第一步就是拿手臂放在煤油燈上烘，練習耐熱的功夫，待手臂上傷痕纍纍，才有機會到炭爐上實習。或許這只是一種傳聞，但孩子時是十分相信的。

故鄉的燒餅有半個手掌大，以蘿蔔絲為餡，趁熱得燙嘴時吃味道最好，小孩子吃兩個也就飽了。

假如你問我漢堡包好吃還是燒餅好吃，我會告訴你：我願意以十個「巨無霸」，換一塊故鄉剛出爐的燒餅。

# 不怕求人

我認識一位快樂的小妹妹，整天不是笑便是唱，好像不知人間有憂患，又好像工作從來無困難。

我問她：「是什麼使你經常保持快樂？難道你的生活和工作從來沒有碰上困難和不如意？」

她說：「我有一個秘訣，就是不怕求人。我有什麼不懂的、解決不來的、不開心的，我就告訴我的朋友們，請他們幫忙。我發覺許多人都喜歡幫助人，因為他們從助人中獲得快樂。我求他們幫助，是給他們一個快樂的機會。我肯求他們，使他們覺得我對他們信任，因此他們更把我當做好朋友。在他們需要別人幫助的時候，也會不遲疑地想起了我，於是我們的友情越來越鞏固，我的朋友越來越多。」

她真是一個聰明的小妹妹，讀書人往往由於面子，由於倔強，由於怕不好意思，什麼事都想自己獨力解決，結果往往力不從心、事倍功半，徒然煩惱。而那不求人的硬頸作風，更給人孤傲的感覺，連朋友也不多一個。他們真要向這位小妹妹多多學習了。

# 噩夢

童年時，母親差我去買鹽、買醬油，都要經過一道小橋。這道小橋寬不過一尺，還有幾處破爛的地方，我走的時候都是戰戰兢兢的，怕掉到橋下的溝裏去。

真的掉到橋下並沒有發生過，倒是在夢中有一次又一次的失足。這樣的夢常常發生：我走到橋中間，忽然一腳踏空，就掉下去了。跟着我就會驚醒，心兒還卜卜的跳。

如今離開童年的故鄉已三十多年，掉落橋下的夢有時還會一樣的做，而醒來之後心兒也依然卜卜的跳。

另一種噩夢是我坐在試場裏，不知在考什麼試，時間已經無多，我卻一個字也寫不出來，急呀、急呀！就滿頭大汗的醒來了。現在我雖然已經做了教師，這樣的噩夢依然間中出現。

跟我的學生談起來，他們也有類似的經驗。除了尿急偏偏找不到廁所這種噩夢之王以外，考試的噩夢可能是香港學生最多人經歷的一種。

# 倚賴

生活篇

　　一筆簡單的賬，假如用筆算，最多兩分鐘，可以算妥，卻有人到處找電算機，電算機找到了，時間已花掉五分鐘。

　　一條簡單的加數，小學生也可以用心算告訴你答案，卻有人從口袋裏拿出電算機來，嘟嘟的演算一番。

　　今天是幾月幾日星期幾，早上撕日曆時早應該記在心裏。戴日曆表的人每逢用到日子就忍不住要看一看錶，幾分鐘之前看過，幾分鐘之後還是要看。

　　小巴上剛有人下車，車行不夠十尺，卻又有人叫停。叫停的不是步履維艱的老人，外面也並沒有下雨。剛才他不和別人一同下車，只因為不想多行十步。

　　看來人是越來越懶、越來越倚賴了。這種懶和倚賴，在一兩代之內未必看到有什麼不妥，長期維持並進一步發展下去，我看總會造成某些能力的退化。

　　會不會有一天滿街都是滾來滾去、不動腦筋的大肉球？

# 入球之後

我不是足球迷，沒有凌晨起牀看電視直播世界盃賽程的雅興，卻有興趣看經過節錄的精彩鏡頭。

最好看的是球兒入網之後，入球者歡喜若狂，歡呼雀躍，甚至在草地上打起筋斗來；隊友們一擁而前，又抱又攬又「錫」。這全無掩飾的真情流露，有時真會把人的眼淚也看出來。

與之成強烈比對的是對方守門員的一臉沮喪，那撲救無效的有時甚至匍匐在草地上不願立即爬起來。我對他們極表同情，卻從來不見有隊友上前撫拍安慰的。足球這東西畢竟是男人的遊戲，只有對英雄的崇拜和歡呼，沒有對失敗者的憐憫和同情，或許因為那可能會使失敗者更感羞恥吧。

總覺得中國人的感情有點半冷不熱，對於子弟的成功，一般只是輕描淡寫地稱讚幾句，據說是怕他們驕傲；但對子弟的失敗，卻常常嚕囌個不停，使他們更為氣餒。此所以我們的子弟不論成功也好，失敗也好，心理負擔都比外國孩子大也。

生活篇

# 我的圈子

　　新春期間有多次團拜，每次團拜有不同的圈子。

　　阿濃雖然不喜交際，卻發覺自己也分別屬於若干個不同的圈，例如教育圈，文化圈，藝術圈，工作圈，還有親戚圈，同學圈，鄰里圈……。

　　不同的圈子有不同的氣氛，也有不同的話題，我在其間也扮演不同的角色。

　　在教育圈，在下已經常被人呼為老前輩。的確，教了將近三十年的書，頭髮也白了，還能不認老？於是只得穩穩重重的擺在那裏，作德高望重之狀。

　　在文化圈，我認識的多是「非才子才女派」，大家見面時謙謙如也，斯斯文文，氣氛也屬愉快，卻是略欠活潑。

　　在藝術圈，阿濃忽然年輕起來，被人呼為「哥哥」甚至「哥哥仔」，別人聽了或許肉麻，我卻是心裏舒服。

　　在親戚圈，本人忝屬長輩，常覺無話可說，大木頭一方而已。

# 細眉粗眉

去參加一個研討會，下車之後看看時間還早，就跑進一間超級市場買果汁喝，一面喝一面隨意瀏覽雜誌架。架上大多是外國時裝雜誌。忽有一個發現，就是封面女郎的眉毛都是粗粗的自然狀態，不再像前些時的拔剩一條細線，或全部剃掉重畫的那種了。

心中不禁暗暗歡喜。

歡喜的原因是細眉毛流行時，班上的女生竟也有以細眉毛裝出現的，一見就使我眉頭皺。一則細眉毛給人老氣的感覺，和女學生的青春氣質不配合；二則要把眉毛拔得這樣細，一定花費不少時間，拿這些時間來看書，其得益一定不少。如今既流行天然的粗眉，女孩子很快就會跟上潮流，我就再不必看那些令我皺眉的細眉了。

我對流行裝扮的態度絕不保守，這因為讀過幾年美術，對於美麗的東西就自然地欣賞和接受；有時流行的東西不但不美，而且很醜，就只有希望這股潮流快些過去。遺憾的是青年人大多盲目地接受，這大概是美術教育還不夠普及的原故。

# 涼鞋

不知從那一年開始，就喜歡穿着涼鞋，不但夏天穿，冬天也穿。

涼鞋穿慣了，那密不通風的皮鞋就變得不能忍受，一穿上腳渾身都不舒服。

遺憾的是涼鞋和西裝不大配襯，在被迫穿西裝的場合仍得忍受焗腳之苦。

當然涼鞋也有它的缺點，例如搭巴士時容易被人踩痛腳趾，雙腳容易污糟，旅行途中可能斷帶等等；但比起它的優點：涼快、舒適、防止生香港腳、沒有腳臭、不會生雞眼……所有缺點，都變成微不足道了。

女裝的涼鞋可説是千姿萬態，美不勝收；男裝涼鞋的款式卻比較保守，這兩年流行的把大拇指套在一個圈裏的那種非我所喜，因為穿這種涼鞋不能着襪，雙腳更易沾染污穢。

內地大人物中，已故的周恩來總理也是涼鞋同志，許多隆重的場合他也是涼鞋一度。

絕大部分的學校都排斥涼鞋，規定學生要穿着皮鞋，如此有益健康的鞋卻不准穿着，真是使人不解的事。

# 「扯頭纜」

參加過許多種的研討會，當主講者演說完畢，進入討論階段時，台下往往一片寂靜，那令人尷尬的沉默，可以使沒有經驗的主持人一時手足無措。

打破這個靜默，需要一個勇者，作第一個台下發言。當然，這個人會受到全場注視，感覺到一種精神壓力。但只要有了這個突破，就會有第二，第三以至爭着要講的許許多多出席者。氣氛可能變得很熱烈，研討會給人開得頗為成功的印象。

這第一個打破悶局的行動，廣東話名之為「扯頭纜」。扯纜不知是否即是拉縴，那站在頭位的縴夫，看來特別辛苦。俄國畫家列平所繪的伏爾加河上的縴夫，帶頭那位眼中的憂鬱和無奈，令你入目難忘。但在會議中帶頭打破一個悶局，其實並不是一件太為難的事，只要克服中國人那種矜持加畏縮的心理就行了。

有經驗的會議組織人，會布置一些自己人做「媒」，雖然有助於會議的進行，但多少總有點弄虛作假。

我寄望比我們少思想包袱的下一代，沒有這種怕扯頭纜的心理顧忌，一開始就熱烈地爭着第一個發言，第一個報名，第一個捐款，第一個表演……。

# 報喜

　　從前公開試放榜前夕，考生可以打電話到報社查問成績。報社分配專人做這項工作。

　　如果查詢的結果是成績優良，電話中傳來考生欣喜的歡呼，報社的職員也感到高興。如果查詢的結果是壞消息，對方無聲無息地收了線，或是顫抖着聲音要求查清楚，報社的職員也會為之不安，甚至有幾分歉意。所以報喜比較報憂是一份好得多的差事。從前科舉時代有報喜的專業人士，他們敲響銅鑼，把好消息帶給企盼已久的考生，博取賞金，相信收入一定可觀。

　　女兒報考理工學院，放榜前夕，早有學生組織打電話來報告好消息，使我們全家欣喜之餘，對這種服務大表欣賞。

　　去年一個家住新界的學生報考理工，放榜之日，我一早買了「虎報」，找到了她的號碼，打電話把她從睡夢中喚醒，把好消息告訴她，原來她還沒有接到別人的通知。她很興奮，我在電話中分享了她的快樂。

　　但願常有這類報喜的機會。

# 能者多勞

　　最小的犬兒手腳靈便，做事頗有頭腦。所以有什麼事要孩子幫忙，我們都喜歡叫他。

　　你也叫，他也叫，有時使他覺得煩不勝煩，就會抱怨說：「為什麼總要叫我！」

　　我們只好帶點歉意地打趣他說：「能者多勞嘛！」

　　能者多勞，的確是事實。因為他能幹，請他做事的人就多；做事越多，經驗越豐富，就愈加能幹，於是要你做的事就更多。也不知道是「善」性循環還是惡性循環，總之「能者」絕不是聰明人，因為聰明人是不肯如此自苦的。

　　身為部門主管，最好多注意屬下勞逸均勻。但絕對的均勻是沒有的，因為僱員之中，總有「能」和「不能」、「高能」和「低能」之分，能者多勞是不可避免的必然結果。那就要注意「多勞多得」、「獎罰分明」了。

# 率性

生活篇

　　說到教師私生活的自律，不知有沒有行家覺得壓力太大，拘束太多，就我自己來說，卻沒有這樣的感覺。不是說阿濃的私生活樣樣都自然合乎最高道德標準，而是個人的興趣比較簡樸，一些有爭論的行為，剛好不為我所喜罷了。

　　而某些行家覺得不宜為學生所見的行為，我又覺得無傷大雅，一直率性為之。

　　例如街頭奔波，汗流浹背，買枝雪條，邊行邊吃。

　　例如肚子餓了，不及回家吃飯，就在街邊大牌檔上一坐，來一碗牛腩麵。

　　例如年近半百，仍喜歡穿合潮流的牛仔褲到處走。

　　例如擔擔抬抬，把家中的垃圾搬去垃圾站；又例如街市買菜，天台晾衫之類住家男人所為，雖然少做，卻絕非因怕人看見；做的時候，碰見學生，不但不以為羞，還覺得足以為他們所學習。

　　以上各例，為老一輩教師所忌，新一代年青教師，早已不覺得怎樣。此所以阿濃常有人老心不老之感也。

# 海鷗

列子上的一則故事：

有一個住在海邊的人，每天早上都到海灘和海鷗嬉戲，有時餵牠們吃點東西，一天又一天，習以為常，飛來飛去的海鷗竟有百來隻。

一天，他的老爹對他說：「聽說海鷗都跟你玩耍，你想辦法捉一隻，給我當玩意兒解悶。」

這人答應了。第二天如常地到海邊去，那些海鷗卻只在高高的天空盤旋，一隻也不飛下來跟他親近。

看來這位仁兄雖然裝得和平常一樣，但他心懷叵測，早在神色姿態上表露了出來，目光銳利的海鷗發覺此點，就存有戒心了。

人類的聰明遠勝海鷗，一個教師對學生的心究竟如何，是真誠還是虛偽？是熱情還是冷漠？孩子們的辨識力絕不輸於海鷗。

因此，真正關心學生、愛護學生的教師，必然受學生們的愛戴；否則，哪怕你滿臉掛笑，嘴上甜得流出油來，也只換得他們一聲「整色水」的評語罷了。

# 鬥大聲

電視舉行「鬥大聲」比賽，難得參賽者男女老幼都有，看他們擘口高呼，怪狀百出，倒也極富娛樂性。

比賽尚在進行時，已聞對街兒童此起彼伏，尖叫不絕，蓋有樣學樣也。忽聞刺耳怪叫發自耳邊，原來是小兒也來一個「一鳴驚人」，阿濃連忙大聲喝止，聲如雷霆，小兒立即噤若寒蟬。可是女兒卻在一旁冷冷的說：「老豆去參加比賽，實得第一。」

最有名的「大聲公」大概是張飛，他在長板橋一喝，嚇得夏侯傑肝膽碎裂，撞於馬下，曹操大軍，棄槍落盔，自相踐踏，後退數里。

教師之中，亦不乏聲如洪鐘之輩，學生對他們多有好感，起碼上課時聽得清清楚楚，不必凝神側耳，聽得那麼辛苦。可是如果課室隔音設備不佳，就苦了別個課室，前後左右各班均在他聲浪籠罩之下，別的教師只有苦笑的份兒。

至於學生，大多是談話呼叫，聲音偏高，回答問題，聲音偏低，使教師的眉頭總解不開結來。

# 自然篇

濃情話：「城市的孩子對蟬不會有多少感情，他們只
　　　　知道，蟬叫得熱鬧時，暑假就快來了。」

# 蝌蚪

街市有小孩子在賣蝌蚪，一粒粒長了尾巴的黑豆，在膠盤盛着的水中，活潑地游着。

看見蝌蚪，就記起兒時鄉間的春天。和暖的日子終於來了，除下了臃腫的棉衣，換上夾布衫，全身輕鬆得像長了翅膀。和小朋友們飛跑到郊野去，那如煙的楊柳，似錦的桃花，都顧不了欣賞，最有興趣的東西還是小河邊、池塘裏的蝌蚪，大家少不免撈一批回家養起來。

真正把蝌蚪養成青蛙的孩子也不多。這小東西離開了大自然的環境，往往就一個個先後死去。即使在小河裏、池塘裏長大的，生命也往往很短促。當他們終於脫去了尾巴，一隻隻跳上岸時，河邊路上真有成千上萬的小蛙。但許多不久就被車輪輾斃，被人和牲畜踏死。

經過一番淘汰之後的倖存者，才有機會躲在水生植物底下，在銀色月光的陰影中，奏出喧鬧的鼓樂。

那在香港街市的膠盤中被售賣的生命，其前途幾乎是百分之九十九的夭折，終其生也沒有機會歌唱了。

# 小狗

好幾個早上都看到一隻小狗在學校門前嬉戲，牠和一些學生在馬路邊互相追逐，也不論是否認識，玩得十分熟落。有時牠走出路面，司機響號示警，牠就故意在車前飛奔一段路程。牠的頑皮惹得大家微笑，牠更顯出得意的神色。

看來所有動物在幼小的時候都是愛玩的，小貓、小猴、小虎、小獅莫不如此。當老的一代打瞌睡時，幼小的一代就玩着追逐廝打的遊戲。

為什麼動物在幼小的時候這麼愛好遊戲呢？其實牠們是在用遊戲的方式學習，學習獵食，也學習和敵人戰鬥。如果從小就不讓牠們遊戲，長大了一定「技不如人」，生活上會遇到極大的困難。

人類幼小時的種種遊戲，和其他動物一樣，也是極有益的學習。教育家早懂得運用遊戲的方式，引導兒童學習。

可是不少父母，當兒童在外面玩得興高采烈的時候，往往扭着他們的耳朵扯回家裏去。

# 小貓

　　帶孩子去公園散步，途經一間學校，門前台階上有一隻黃白花紋的小貓。

　　小貓大概一個月大，瘦骨伶仃的，牠看到人們走過，就努力地「妙妙」的叫着，像是要人收留。

　　孩子們蹲下來撫摸牠，牠翹起尾巴，喉裏發出「咕嚕咕嚕」的聲音，還伸出舌頭來舐孩子的手。

　　「爸爸，帶回去養啦！」孩子們一同央求。

　　我冷酷地搖搖頭。心裏想着奇臭的貓屎，每天兩餐貓飯的麻煩，脫毛時帶給孩子氣管的敏感，還有貓兒都有的抓刮傢具的習慣。

　　我自己幼時在鄉間生活，有的是活動空間，貓、狗、雞都養過，現在被困在一個水坭封閉的小空間裏，那有資格再養小動物。

　　我們終於離開了小貓，牠「咪咪」地跟我們走了幾步，知道無望，就停下來繼續「妙妙」地努力呼喚一個善心的主人。

　　我們從公園回來時，已不見了小貓。學校大門鐵閘後面卻有一隻黑毛的大狗，對着向裏面窺探的我們，露出了白牙。

# 螢火

捉螢火蟲是兒時乘涼樂趣之一。

新界的孩子大概還有機會見到這種有趣的小蟲,城市的孩子就只是從教科書上知道有這種蟲兒的存在了。

在我的故鄉,螢火蟲也並不太多,當有一隻在夜空出現時,就會引起一班兒童的追逐。他們手上拿着扇子,嘴裏唱着「螢火蟲,夜夜紅,飛到西,飛到東……」。隨着那一明一滅的閃光,有時一追老遠。

捉到之後,把牠放在玻璃瓶裏,吊在窗前欣賞。老人家會乘機說些囊螢映雪的故事給孩子聽,當然沒有一個傻小子會真的用螢火蟲的光照來讀書。

讀蒂爾的《夏遊記趣》,才知道雄性的螢火蟲是利用光的訊號,來找尋配偶;而雌性的螢火蟲的光就較小,較暗。自然界的生物在求愛這方面似乎和人類一樣,雄性要比較主動。

記得鄉下也有一些殘忍的小孩,把螢火蟲打跌在地下後,用腳一擦,地上就會出現一條發亮的線。現在回想起來,心中出現了一句文藝腔的話:「那愛的火是至死不滅的。」

# 蟬鳴

又是蟬叫的時候。

城市的孩子要有一份耐性，在樹下仰首細細搜尋，才能找到牠們藏身的所在。

旅行時，那會爬樹的男孩子偶爾也會捉到一兩隻，至於女孩子，大多是摸也不敢摸的。

在自然課本上，蟬只有簡單的一兩行，但對鄉下孩子來說，那是有許多樂趣的玩意兒。

記得小時在鄉下，常到樹下挖那未蛻殼的蟬。只要看到地上有一個小洞，用手指一挖，洞變大了，就可以看到裏面有一隻蟬。有時牠藏得比較深，就得向洞裏灌水，讓牠自己爬出來。或是由誰向洞裏撒一泡尿，那也同樣可以達到目的。

未蛻殼的蟬，樣子很醜陋。拿回家去，放牠鈎在蚊帳上，不久牠就會蛻殼，全身顫抖着由背脊的裂縫中鑽出來，很辛苦的樣子。起初那翼是淡青色的，慢慢就會轉為褐色。搔牠的腹下，就會吱吱的叫。

城市的孩子對蟬不會有多少感情，他們只知道，蟬叫得熱鬧時，暑假就快來了。

# 桑葉

　　老師在暑假之前送了四條蠶兒給孩子，孩子如獲至寶，養在一個小紙盒裏。

　　早上起牀，臉還沒洗，就去看那四條蠕蠕而動的東西。

　　找到一本講蠶兒生活的少年讀物給孩子看，這本書使他懂得更仔細地觀察蠶兒的形態和生活，他開始去數蠶兒的環節、腳和氣孔，計算着牠們休眠的日期。

　　可是問題來了，老師給的幾塊桑葉已經吃光，爺爺跑了四、五個生草藥檔，我也走了附近幾處山頭，卻都無法找到一塊桑葉。

　　眼看蠶兒仰着饑餓的頭，孩子寢食不安，其中兩條蠶兒就這樣餓死了。

　　幸而天無絕「蠶」之路，或者吉「蠶」自有天相，妻和朋友閒談時，得知某校校園中有桑樹一棵。終於通過輾轉的介紹，取得了十多塊桑葉，並且答允以後可以繼續採摘。雖然那裏來回要費兩小時的路程，卻也顧不得這許多了——看到孩子餵蠶時喜笑顏開的樣子，覺得這樣做還是值得的。

# 蟲聲

昨夜偕兩小兒往附近公園散步，兩兒遊戲間忽為草叢中蟲聲所吸引，駐足聆聽。但阿濃耳中寂無聲息，訝而詢之，兩兒同聲效蟲鳴，並云鳴叫甚歡，其聲甚宏。兩人為我之不聞而感詫異。

阿濃俯身就草叢，置兩手於耳旁盡力傾聽，寂靜依然。斯時小兒之爺爺亦來園中納涼，告以蟲鳴之事，爺爺細聆之，亦無所聞。

蟲鳴之頻率，有高有低，而人耳之頻率接受範圍，有一定限制，過高過低，均無所感。小兒耳膜之頻率接受範圍較阿濃及爺爺為廣，故渠等耳中熱鬧之蟲鳴，於我及爺爺耳中則為寂然。

小兒仰望夜空，能見繁星滿天，而在我眼中，僅寥寥十數顆而已。小兒吃糖果餅餌，為美味感無限之喜悅，阿濃則覺其味平平而已。

如何善用兒童敏銳之視覺、聽覺、觸覺、味覺、嗅覺以至心靈之感覺去學習、欣賞、領會，是值得我們做教師的好好研究的問題。

# 樹

一向對樹木有濃厚的感情，我愛花、愛果、愛濃蔭，這些都是樹的貢獻。那裏有樹，那裏就增添了景致；那裏有樹，那裏的空氣就分外清新；那裏有樹，那裏就有悅耳的鳥語；那裏有樹，那裏就有婆娑的月影。

樹的生命比我們長，也曾問自己，寧願做人還是做樹？除了不能行動之外，樹的生涯似乎不惡。

拿樹和人相比的也不止我一個，古人說：「樹猶如此，人何以堪」，還有「十年樹木，百年樹人」。

香港愛樹的人似乎很少，彌敦道一間公司，為了保留門前一棵大樹的枝椏，在建築物上開了一個洞，讓它穿過。新的建築物興建時，地盤上能夠保留的樹，都盡量保留。

我不忍看活生生的大樹被鋸倒的慘狀，颶風過後許多大樹被連根拔起也使我十分惋惜。可是由於一些旅行者的疏忽——我甚至懷疑其中一些是惡作劇，最近山火焚毀的樹木以萬棵來計算。對這類破壞者的痛懲，我絕對贊成。

自然篇

# 霜

　　今年因為有閏月，中秋的天氣比較涼，校園裏已一地黃葉。如果在故鄉，該是結霜的時候了。

　　香港的小孩子，對於冰、雪、霜總分得不大清楚。對於霜的認識尤其淺，因為即使在影片之中，也是少見的。

　　霜，只在早上看見，那瓦背上、草葉上薄薄的一層，灰灰白白的，像不大潔白的鹽。而太陽一出，它們很快就溶解了。

　　一些樹葉，經霜之後，就變成醉人的紅色，比起春花的紅，另有一種成熟和具內涵的美。至於一些蔬菜，經霜之後，那味道更是特別的香甜，所謂「菜根香」，要在秋涼之後才容易嘗到。

　　經歷過風霜的人，看他兩鬢星星，像點綴着秋霜，他們往往顯得成熟、沉着、有內涵，當你和他們接觸、親近時，會在他們那裏獲得許多寶貴的人生經驗，那是如濃茶一般芬芳而帶熱苦澀的。

# 燕子

今天母親忽然問：「燕子來了沒有？」

這個我無法回答的問題，卻被我的兩個小兒答了，他們同聲答道：「來了！」

原來復活節假期中，我們全家到長洲去玩，他們曾在那裏見過燕子，而我這個自以為有敏銳的觀察力的父親，卻懵然不見。這也説明了孩子們對大自然的興趣遠過於成人。

詩歌中的燕子，和屋樑有不解之緣；「樑上有雙燕，翩翩雄與雌」，「空樑落燕泥」，「三願如同樑上燕，歲歲常相見」……。香港的燕子只能在舊樓的騎樓底勉強找處容身之地，現在連有騎樓的房子也越來越少了，看來燕子終將在城市裏絕跡。春天，難道只能出現在婦女的時裝上？

中國人對燕子頗有一份好感，牠在人們家裏做窩，人們都予以容忍，且認為是吉祥的兆頭。當新孵的小燕子在窩裏探頭而出時，更會引起兒童們的興奮雀躍。

外國人對燕子的感情也不差，《王爾德童話》中可愛的小燕子的死，使千萬讀者惻然於心。

人們都喜歡燕子，因為牠是和春天一同到來的。

# 簕杜鵑

騎樓上種了兩盆簕杜鵑，「簕」，就是有刺的意思，它的莖上的確長着尖利的刺。

簕杜鵑像是玩心重的孩子，在家裏呆不住，老是想往街上跑。它的莖一直向街上生長，三尺、四尺、五尺……以至七尺、八尺，就是那麼細長的一條，在街道的上空搖曳着，像是想縱覽街上發生的一切。

別看它那麼細長，卻是十分堅韌，我不曾看見它們被風吹折過。

簕杜鵑的花有多種顏色，紅的、紫的、粉紅的、黃的……我最喜歡的還是紫紅色的那種，在陽光下，那發射着火光的艷紅，一里之外也可以看見。

現在它們正盛開着，把我的騎樓點綴得頗有畫意。有時我到街上去，也喜歡站到馬路對面去仰觀我的騎樓，簕杜鵑在風中輕搖，像是在向我招手。

朋友，你想來舍下小坐嗎？假如你忘記了門牌不要緊，簕杜鵑開得最耀眼的那一家，就是舍下了。

# 小母雞

小時住在鄉間，曾經養過雞。也不必買什麼飼料，早上往門外一放，任牠們自己到處找野食——這個「野」不同廣東話的「嘢」，代表家以外的地方。

晚上「都都」地一叫，牠們就紛紛從草叢、牆角走出來，回到籠中或雞窩裏。也有那貪玩的，不肯回籠，就要把牠們捉回來。

記得曾經養過一隻小母雞，第一次生蛋時跳來跳去，「谷谷」亂啼。母親猜牠是要生蛋了，用麥草替牠做了一個舒適的窩。果然不久牠又「谷打谷打」的叫起來，窩裏已經多了一隻溫暖的小雞蛋。

第二天同樣的時候，牠又「谷谷」亂啼，卻老是不肯蹲到窩裏去，像是有所尋覓。我靈機一動，把牠昨天生的蛋放回窩裏，果然牠停止了啼叫，乖乖的蹲下來再產蛋一枚。

以後牠每次生蛋，都要我們先放一枚蛋在窩裏，否則就跳來跳去，總不肯完成任務。

看來這隻雞也會數數，不過只能數到「一」，多過「一」的數目，已不是牠能分辨的了。沒有人勉強牠們去學數學，這是雞比我們幸運的地方。

自然篇

# 鄉思

從長洲明愛營池塘裏帶回來的蝌蚪，終於長出了腳，掉了尾巴，變成了尾指指頭那麼大的小蛙。

孩子把牠們從魚缸搬到搪瓷盆裏，布置了水、石頭和草，讓牠們入水能游，出水能跳。當然那跳是有範圍的，搪瓷盆上面蒙了紗網，不讓牠們跳出來，以免自取滅亡。牠們有時卻踞伏於滑溜如峭壁的盆邊，向紗網外面窺伺，也不知牠們腳上，是否有吸盤一類的裝備。

漫畫家王司馬先生，有一幅畫寫兩父子把蝌蚪養成了青蛙，要搭小巴到元朗讓牠們「回歸大自然」。那天孩子們也曾問我：

「我們幾時也送牠們到元朗去？」

我說：「送牠們回長洲看媽媽不是更好嗎？」

他們雀躍拍手。

可是真要完成這項「尋親」節目，卻非我這個忙人所能想做就做。

小青蛙們不知可有鄉思，我這個遊子走筆至此，不禁想念起如今夜間正是蛙聲一片的故鄉來了。

# 促織

蟋蟀可算昆蟲之中脾氣暴躁的一種，只要拿一條蟋蟀草在牠前面撩撥兩下，牠就張牙舞爪地擺出一個打架的姿勢。人們把兩個蟋蟀放在同一個盆裏，這邊撩兩下，那邊撩兩下，牠們就火遮眼似的打個不亦樂乎。

打的結果倒是勝負分明的，那勝利的一方振翅長鳴，沾沾自喜；那敗了的，往往落荒而逃，跳出盆外。據說吃過敗仗的蟋蟀，從此失去信心，再沒有打鬥的勇氣。所以跳出盆外的敗軍之將，人們往往懶得把牠捉回來，由得牠讓雞吃了。

蟋蟀，又叫促織，《聊齋》上就有一則以「促織」為題的故事。講一個孩子為救父親的困厄，魂靈附於蟋蟀身上，屢戰屢勝，甚至連雞也鬥輸給牠。這故事寫孩子做錯了事，感受到極大的心理壓力，讀之令人十分同情，是《聊齋》中一則頗好的兒童故事。

小時以為兩條尾的蟋蟀是雌，三條尾的是雄，大了才知道剛好相反，那兩條尾的好打架，正是雄性本色，那三條尾的，中間一條原來是產卵管。

# 遠親

看「美國西部國家公園」畫冊,其中猶他州布賴斯峽谷的大片奇形怪狀的石頭,美麗而詭異,是大自然本身的藝術傑作,十分動人。但更使阿濃感動的卻是一棵陶格拉斯雲杉。

這棵雲杉,孑然一身,在陰暗的石壁底生長。惡劣的環境沒有難倒它,它努力地向上掙扎,終於衝出石壁的包圍,進入陽光之中。看到它高瘦挺拔的雄姿,阿濃心中充滿敬意。

很多時我都覺得:植物除了以物質的形態出現之外,一樣有它們的精神一面存在,不過它們不會用表情或聲音表達出來而已。谷底雲杉和惡劣環境的戰鬥,難道不是一種意志力的表現?

有一天風比較大,阿濃在車上看到不遠處一片小林,所有的樹木一齊在風中扭擺搖動,形成了翻滾的綠浪。搖呀搖呀,扭呀扭呀,就像夜開的士高舞會。我想,它們現在一定很興奮,很快樂吧。

所有生物本出一源,樹木既是我們的遠親,我們可別小覷了它們。

# 文藝篇

濃情話：「藝術這東西，着迷不一定有成就；但不着
　　　　　迷，卻一定不會有成就。」

# 明月來相照

中文的排列可由上而下，可由右而左，可由左而右，甚至可由下而上（像迴文詩）。

由上而下，由右而左是傳統，由左而右是方便，尤其是夾雜了外文和數字的文章，最適宜由左向右排列。

幾種排列方法的同時存在，有時會引起一些混亂，但至今沒有人主張把他統一起來，或許是各有其需要吧。

我如果開攝影院，將會取名為「月明攝影院」，然後借小學生也知道的王維詩一句為門前招牌，右邊讀過去是「明月來相照」，左邊讀過去是「照相來月明」。

# 典故

兒時父親教讀《幼學瓊林》，因為差不多句句都有故事聽，所以很感興趣，也因此記住了不少典故。

有一個時期，應付升中試的小學生要大讀成語，雖是苦事，卻也因此知道了不少故實。

近年來，這種死讀成語的方法已沒有人採用；至於《幼學瓊林》，知道這本書的人也越來越少了。

上課時，向學生問起一些很普通的典故、成語，知道的竟然出奇的少。這又使我感到有點可惜。

典故、成語，大多來自歷史和文學，其中有許多都涵有豐富的意義，我們如善於使用，就可用極經濟的文字，表達很深的涵義。

胡適在《文學改良芻議》中，談到他改良文學的八點意見，其中第六點就是「不用典」，胡適自承：「惟此一條最受朋友攻擊」。他為此大大解釋了一番，把用典分為廣義和狹義兩種，對於廣義的用典，他並不反對；至於狹義的用典，也有工拙之分，他只是對「用典之拙者」不滿而已。如此一來，「不用典」已變為要「識用典」了。

# 擬喻

　　蕭乾先生歎息「習用」破壞了文字的美，但是他說，像許多成語那樣，「用擬喻文字表現內心一切的傾向必仍繼續。且讓阿濃舉出一些例子：

　　韓憑的妻子以詩明志說：

　　烏鵲雙飛，不樂鳳凰；

　　妾是庶人，不樂宋王。

　　前兩句就是一種擬喻。李商隱的：

　　春蠶到死絲方盡，蠟炬成灰淚始乾。

　　也是擬喻。魯迅的：

　　兩間餘一卒，荷戟獨徬徨。

　　舒巷城的：

　　一隻迷途的鴿子，

　　牠尋歸路，

　　在那陌生的天空。

　　一個身在異國的流浪者——

　　啊，祖國

　　在他的心中。

　　也都運用了擬喻。蕭先生把「擬喻」譬作文章的衣

裳，他説：「文章並不一定都穿衣裳。但穿衣裳的趨勢
還盛——特別在詩壇上。」

文藝篇

# 聯語

看報得知跑馬地一墳場的入口需要拆卸，而那副香港名聯也將從此消失（不知改建後是否仍然用回此聯），這副名聯是：

今夕吾軀歸故土；

他朝君體也相同。

一派死人口吻，咄咄迫人地向來往經過的生人詛咒着：「今天我是死了，他日你還不是一樣！」

有人說，這聯雖然尖刻無情，卻有警世作用。但多少年來，往快活谷博彩的，有人看到此聯數十百次，但因此而領悟到「修短隨化，終期於盡」，能從利慾中醒來的又有幾個？

倒不如把上下聯的兩個代詞對調，變成：

今夕君軀歸故土；

他朝吾體也相同。

成為生人安慰死者之詞，則人鬼兩安矣。

# 筆順

記得就讀教育學院時，每周有一次和導師作小組面談。小房間裏，大家促膝而談，的確可以增進師生間的了解，並解決一些在課室裏沒有時間解決的問題。

導師的性格個個不同，處理面談也手法各異。但大多是由同學提出一些問題，由導師予以解答。

記得有一次，我問導師「蠅」字的筆順次序如何？心想這個小問題，不用一分鐘就可解答妥當。

誰知這位老師掃一掃喉嚨，不疾不徐地講起筆順的歷史，筆順的原則，筆順在書法教學中的意義，筆順教學的方法⋯⋯足足有一小時。我佩服老師學識的淵博，可是我仍然不知道「蠅」字的筆順。因為筆順的一般原則是由上而下，自左而右，而這個「蠅」字的右半邊，似乎出現先寫右，後寫左的清況。

正待再問，下課鐘聲響了，老師起身表示送「客」，我只得帶着疑團離開。

直到今天，我仍不知道「蠅」字的正確筆順。有人聽了我的故事便說：「或許那位導師也不知道這個字的筆順哩！」

# 「相當」

有一次，王力先生去某校做了一次演講，事後收到那間學校的道謝信，信上這樣寫：「承你來校做學術報告，頗為精彩，特函道謝。」又有一次，一位仁兄寫信給王力先生說：「你來信給我批評，使我頗受教益。」

王力先生指出他們的錯誤是「頗」字的誤用，他們不知道在古代漢語裏，「頗」字一般用作「相當」和「稍」的意思。「頗為精彩」只是「相當精彩」，「頗受教益」只是「稍受教益」，包含有不大滿意的意思。王力先生說：為什麼不說「很精彩」，「很受教益」呢？

香港的電視台有幾位藝員，訪問藝術界知名人士，不論他是鋼琴怪傑、聲樂名家、畫壇前輩、××界泰斗，在表演之後，照例向對方奉承一句：「某先生，你剛才的表演相當精彩！」使對方啼笑皆非。

對於這種「相當」無禮的「評價」，最好在熒光幕上直告之曰：「你懂個屁！」

# 不朽

郊遊經鄉間小石橋一座，橋頭有巨碑鐫捐資造橋人姓名，橋小而碑大，亦怪現象也。

人生數十寒暑，如匆匆之過客，總覺白走一遭與草木同腐乃大憾事，遂有留名千古，永垂不朽之想。刻其名、留其像於金石，固其表現之一種。

古人有「立功，立德，立言」三不朽之說，而三者均非易事。

陳季常雖有蘇東坡為之作《方山子傳》，而知者不多，倒是怕老婆使他出了名，「季常之癖」、「河東獅吼」，均家傳戶曉，傳之千載。

殷洪喬做的官也不算小，但假如不是把別人託他帶的百多封信丟到水裏，又有誰會記得這個怪人？

宋朝的孫山，名居榜末，卻也至今婦孺皆知，倒是那次考試得第一的不知是誰？

名也好，利也好，不朽也好，皆非強求可得，小橋頭的大石碑徒見其可笑而已。

# 精細

　　中國工藝品的特色之一是精細，看得番鬼佬目瞪口呆，阿濃偏偏不大欣賞。

　　那精雕細鏤的傢具，那層層轉動的象牙球，那幾千顆珍珠串成的寶塔，那幾十萬針組成的繡畫……無一不表示中國人的時間太多。

　　即使是酒席，也要用紅蘿蔔、青瓜一類的東西，雕成花紋，花了那麼多的時間，中看而不中吃。結果當垃圾丟掉。

　　每驚訝於一些中國用品價格的低廉，一把扇子，從扇骨到扇面，以至扇上手繪的國畫，都是手工造成，得花多少時間？才賣那麼一元幾角。同樣說明了中國人的時間太多，而且時間絕不值錢。

　　精細並不等於美，有時反覺瑣碎。精細的東西不但欠缺力的美，而且雕琢過甚，在藝術方面也不耐咀嚼。

　　人的生命由時間組成，時間不值錢，等於生命的大賤賣。

　　我等待我國的產品有一天面貌一新，以簡單、純樸、渾厚、實用的特色出現——同時反映了生命價值的提高。

# 七巧八分圖

兒時寂寞，除囫圇吞棗般盡閱櫃中章回小說外，常以七巧板為伴。

家有秋芬室《七巧八分圖》六冊，中有千五百餘圖，巧妙奇趣。逐圖排砌，不覺時光之逝。有時為一圖而傷腦筋者半日，終有所得，則手之舞之，足之蹈之。

阿濃無數學頭腦，中學時三角、代數均感困難，惟幾何證圖，成績尚佳，此或拜七巧板之賜也。

南來後，見人玩七巧板，即對遺留鄉間七巧八分圖懷念不已。後在商務印書館偶然發現一套，如睹兒時遊伴，大喜過望，立即購歸藏之。

此書線裝，一套六冊，民國七年一月初版，二十二年、二十四年先後再版，當日售價為大洋捌角。

許多舊書都見重印或翻版，這麼有趣的一套老幼咸宜、有啟發性、有娛樂性的好書，卻不曾再見有新印本，真是可借。

# 聰明女士的傑作

　　秋芬室《七巧八分圖》,是清代一位女士嘔心之作。女士姓錢名芸吉,是盧陵王其沅的夫人。她小時和哥哥一同讀書,課餘之瑕,砌七巧板為戲,積累了不少圖形,再加上當日坊間所見,共得一千五百餘圖。有意將之刊印成書,可惜未成事已不幸逝世。她的丈夫和女兒為完成她的願望,於同治年間將書出版。

　　從書中各圖的巧思看來,女士是一位絕頂聰明的人兒,可惜造物忌才,婚後四年,遽爾早逝。她的哥哥題《金縷曲》一闋弔之,其中有句曰:「抵死春蠶絲未盡,豈是聰明誤了?」

　　全書分為十六卷,另有補遺。內容包括六書、星象、人事、禮制、樂舞、文房、武備、衣飾、舟車、陳設、器皿、業具、宮室、山石、庶物(動物),蕃生(植物)。除部分比較牽強之外,大多能表現出該事物之特點。可惜過半內容和現在的生活脫節,有心人大可編一部現代生活的七巧圖,包括火箭,衛星,太空船和文明事物的種種式式,那會更受小孩們歡迎。

# 七巧板

　　七巧板的遊戲，據說是從《燕几圖》演變而來。燕几是一種小几，一套七張，縱橫排列，可成各種幾何圖形，按圖設席，以娛賓客。

　　在香港中藝公司，曾經見過一套小几，一套七張，几面就是七巧板的七塊形狀。這套几很小，作為擺設則可，設席請客，就辦不到了。

　　現在小學活動教學，學生書桌亦不復舊日呆板形狀，可以砌成種種不同圖案，可算是今日的新燕几。

　　七巧板不但在中國流行，也廣泛流傳於世界各國，國外稱為「唐圖」（TANGRAM），意思是中國的圖板，並不一定指唐朝。宋代黃長睿著有《燕几圖》，但這種遊戲究竟始於那一朝，就頗費查考了。

　　兒時鄉間玩的那套七巧板，木盒精裝，大小適宜。香港書局及玩具店都不容易買到七巧板這東西。如果能大量製造，連書發售，是不愁銷路的。

文藝篇

# 着迷

　　朋友帶孩子去美國旅行，自己駕駛汽車到處去。孩子對麥當勞漢堡包最感興趣，沿途景色他們並不關心，但每逢看到麥當勞的標誌一定會用小手指着叫嚷一番。

　　一個人對某種事物有濃厚的興趣，對這種事物就特別敏感和關心。對繪畫入迷的，則無處不是畫材，鄉村剝蝕斑駁的木門，陋巷苔蘚膩滑的水渠，他們都覺得大有欣賞的價值。對攝影入迷的，亦到處都有他們的沙龍模特兒，白髮滿頭的龍鍾老婦，于思滿臉的污穢流浪漢，對他們的吸引有時尤勝於青春少艾。

　　記得年青時也曾對新詩着過迷，整天都在腦子裏鍛詞煉字。每見到一些動人的場景，每聽到一些新鮮的話語，都會在心中試着把它們用詩句表現出來。

　　李長吉常騎着驢子出遊，每有所得，就立即寫下來放進一個破錦囊裏，到晚上回家時，再把他們完成。長吉雖早死，卻留下了豐富的詩篇。

　　藝術這東西，着迷不一定有成就；但不着迷，卻一定不會有成就。

# 藝術

記得自己學習素描也曾花了兩年時間,石膏像和真人都寫過不少,雖然天分有限,成績平平,但在那兩年間卻是相當着迷的。

坐車也好,乘船也好,前後左右的乘客都成了自己的模特兒,雖然沒有把速寫本子拿出來,眼睛和心卻配合着在默默地繪寫。

有朋友說我眼光光的不知在看什麼,連熟人也視而不見。他不知道我當時卻另有所見。我見到光線在人們的面部形成種種明暗,這些明暗和人們的生理構造有關,並且隨着他們的表情而變化。我知道我所見的對於並非學畫(或攝影)的朋友來說,也是視而不見。我妻幫我拍的照片,面部常出現難看的陰影,就是由於她從鏡頭中只能看到我,卻看不到我臉上的明暗。

如今我雖已擱下畫筆,但眼睛受過的訓練對我其他的工作仍常有幫助。正如學鋼琴的孩子手指特別靈活,對學打字也有幫助。

我們的孩子不能個個成為藝術家,但學習一點藝術對他們的好處,卻不是一下子可以估計出來的。

# 非賣品

畫家余本先生說過：寫畫時想着這幅畫是要來賣的，一定畫不出好畫。

余本先生為什麼這樣說我不清楚，我個人卻很相信這個說法。

因為心中想着是要來賣的，所製的就變成了商品，即使是很高級的商品，其藝術性必定打了折扣。因為這幅畫不再是心靈的抒發，真情的流露，生命的投入，而是用來換麵包，房租的貨物。

因為心中想着是要來賣的，就要投合顧客的口味，一種媚俗的氣味就會不知不覺出現於筆底。

畫家真正的得意之作，往往是非賣品，只在畫展中供人欣賞，而不肯割愛。可以推想他當日創作時，一定不是想出售的。

繪畫如此，其他許多工作或事業亦如此，一面讀醫科、讀法律，一面想着畢業後如何賺大錢，將來他一定不會是好醫生，好律師；一面學音樂，學文學，一面想着將來名成利就，他將來的成就也一定有限。

# 浪漫

　　你現在不是你，我現在不是我。你雖然不是你，卻是個不是你的你；我雖然不是我，卻是個不是我的我。

　　阿濃不是在說佛偈，只是描寫化了妝等待演出，和同學們坐在一起時心中的一種感覺。

　　臉上的油彩，身上的戲服，台後緊張嚴肅的氣氛，台上把時間壓縮了的悲歡離合，好像從遙遠世界傳來的笑聲掌聲，這一切組合成一個既真且幻的浪漫世界，使每一個參與其中的都醉於其中。

　　演出之後，疲乏而興奮，臉上帶着未抹淨的油彩（那味道真好聞！），走到寂靜的街道上，誰也捨不得回家，找一間大牌檔去吃粥吧。大家有滿肚子的演出感想要說，而爭着講出來的都是剛才的烏龍、緊張和狼狽。笑了一次又一次，誰還記得演出時的那些小爭吵呢？即使記得，也已經變成笑料了。

　　從藝術中心看完聯校戲劇節的演出之後，門前就看到一羣羣演員和工作人員，他們正享受着這種演出之後的愉悦，勾起了阿濃的回憶，為之艷羨不已。

# 每個人都是一本書

有的書很厚，卻很沉悶；有的書很薄，卻使人永遠難忘。

有的是開卷有益，發散着芳香；有的卻誨淫誨盜，散播着毒素。

有的裝潢華麗，內裏卻是一片空虛；有的平實樸素，親炙之下才知道蘊藏的是如許豐富。

每個人都是一本書。

作者是他自己，每天都在書寫，直至離開這個世界。有人寫的是喜劇，有人寫的是悲劇，更多的是悲喜交雜。

有的書讀者多，有的書讀者少。但是沒有一本「書」，完全被人看過。其中必有一些秘密的章節，只供作者自己閱讀。

每個人都是一本書。

我坐車時，他們就擠在我的左右。這一本飽歷風霜，其中所記說不定動人心魄、濃冽如酒；這一本嬌俏明媚，如今正寫到最引人之處。可惜我看的只是他們的封面，卻無緣向裏面窺探，這是多麼的可惜。

阿濃自己也是一本書，只怕讀者太少，所以經常自我打開篇頁。（原載《坐車篇》）

# 書蟲

　　整理舊書時，書頁間往往發現有銀色的小蟲在迅速地爬行。雖然只有六隻腳，但加上長長短短的好些觸鬚和尾巴，還有腹部向左右伸出的短毛，走動起來頗像一條銀色的百足，又有點像沒有翅膀的蟑螂。百足和蟑螂都是得人怕又惹人嫌的東西，於是迅速把書合攏，拍的一聲，這小蟲立即一命嗚呼。

　　這小蟲人們叫牠「書蟲」，但正式的名字該是「衣魚」，因為牠除了咬書之外，還咬衣服。古人叫牠蠹魚，爾雅上已經有牠的名字。

　　英文名字是 silverfish 當然是因為牠滿身銀粉而得名。

　　這真是一種寂寞的蟲，牠們不會聯羣飛舞，也不會歌唱相和，只是躲在黑暗的書頁間，靠咬紙過日子。我不知道牠們有沒有戀愛，但發現牠們時多數是單單的一隻。我也不知道牠們生命的長短，不健康的生活習慣（至少我們看來如是），使牠們的身體極端脆弱。蛀書的結果，賺得一身銀粉，既不能炫耀鄉里，也沒有機會做官發達。可憐呀，書蟲！

# 耳旁

　　本期的《學生時代》，「東窗」先生介紹了兩首「不俗的小詩」，其中一首的題目是「且聽我的心聲」，作者「泛音」大概是一個聽覺有缺陷的女孩子，寫這首小詩來表達她的心聲。

　　我最喜歡的是其中一句：

　　「使所愛的人湊近我耳旁。」

　　誰不喜歡所愛的人湊近耳旁呢？可是聽覺不好的人，就多了這樣的機會。所愛的人想和她談話，就會自自然然地湊近她的耳旁。從自己的缺陷中找到如此樂觀、滿足、浪漫、美麗的意思，怎不令人感動呢？

　　於是我聯想到，失明的人，也可以這樣想：

　　當我面對無垠的黑暗腳步踟躕，

　　有溫暖的手來為我領路；

　　誰能比我更有這樣的幸運，

　　能接觸這許多心靈美好的人？

# 看英文書

一些家長和教師頗熱心於勸導子女或學生多看英文課外書，不論其動機如何，讓孩子多看點書總是好事。

可是一般學生，尤其是英文水準普通的學生，喜歡看中文書多於看英文書，那英文水平較差的就更不用說了。

你可以說這是因為學生懶，看英文書比較吃力，碰上生字多的時候要查字典，讀書的興趣大受影響。

其實還有另一個原因，使他們怕看英文書，那是他們對內容的要求和本身所具外語水平之間存在差距的原故。

他們看英文書的時候，發覺自己能看得懂的書，往往內容太淺，甚至幼稚；到一些書的內容適合他們的程度時，他們又覺文字太深，閱讀有困難。

用較淺易的英語，寫深一點的內容，會適合學英語的非英語國家學生，這樣的書不是沒有，可是學生未必自己找得到來看，還得教師替她們介紹一下。